共和国故事

雪龙出征

——中国首次赴北极进行科学考察

马 夫 编写

吉林出版集团股份有限公司

图书在版编目（CIP）数据

雪龙出征：中国首次赴北极进行科学考察/马夫编. —

长春：吉林出版集团股份有限公司，2009.12

（共和国故事）

ISBN 978-7-5463-1908-7

Ⅰ．①雪… Ⅱ．①马… Ⅲ．①纪实文学－中国－当代 Ⅳ．①I25

中国版本图书馆 CIP 数据核字（2009）第 237691 号

雪龙出征——中国首次赴北极进行科学考察

XUELONG CHUZHENG　　ZHONGGUO SHOUCI FU BEIJI JINXING KEXUE KAOCHA

编写　马夫

责任编辑　祖航　林丽

出版发行　吉林出版集团股份有限公司

印刷　三河市嵩川印刷有限公司

版次　2010 年 1 月第 1 版　　　　2022 年 1 月第 8 次印刷

开本　710mm×1000mm　1/16　　印张　8　字数　69 千

书号　ISBN 978-7-5463-1908-7　　定价　29.80 元

社址　吉林省长春市福祉大路 5788 号

电话　0431－81629968

电子邮箱　tuzi8818@126.com

前　言

　　自 1949 年 10 月 1 日中华人民共和国成立至今,新中国已走过了 60 年的风雨历程。历史是一面镜子,我们可以从多视角、多侧面对其进行解读。然而有一点是可以肯定的,那就是,半个多世纪以来,在中国共产党的领导下,中国的政治、经济、军事、外交、文化、教育、科技、社会、民生等领域,都发生了深刻的变化,中国人民站起来了,中华民族已屹立于世界民族之林。

　　60 年是短暂的,但这 60 年带给中国的却是极不平凡的。60 年的神州大地经历了沧桑巨变。从开国大典到 60 年国庆盛典,从经济战线上的三大战役到经济总量居世界第三位,从对农业、手工业、资本主义工商业的三大改造到社会主义市场经济体制的基本确立,从宜将剩勇追穷寇到建立了强大的国防军,从废除一切不平等条约到独立自主的和平外交政策,从"双百"方针到体制改革后的文化事业欣欣向荣,从扫除文盲到实施科教兴国战略建设新型国家,从翻身解放到实现小康社会,凡此种种,中国人民在每个领域无不留下发展的足迹,写就不朽的诗篇。

　　60 年的时间在历史的长河中可谓沧海一粟。其间究竟发生了些什么,怎样发生的,过程怎样,结果如何,却非人人都清楚知道的。对此,亲身经历者或可鲜活如昨,但对后来者来说却可能只是一个概念，对某段历史的记忆影像或不存在，或是模糊的。基于此，为了让年轻人，特别是青少年永远铭记共和国这段不朽的历史，我们推出了这套《共和国故事》。

《共和国故事》虽为故事，但却与戏说无关，我们不过是想借助通俗、富于感染力的文字记录这段历史。在丛书的谋篇布局上，我们尽量选取各个时代具有代表性或深具普遍意义的若干事件加以叙述，使其能反映共和国发展的全景和脉络。为了使题目的设置不至于因大而空，我们着眼于每一重大历史事件的缘起、过程、结局、时间、地点、人物等，抓住点滴和些许小事，力求通透。

历史是复杂的，事态的发展因素也是多方面的。由于叙述者的视角、文化构成不同，对事件的认知或有不足，但这不会影响我们对整个历史事件的判断和思考，至于它能否清晰地表达出我们编辑这套书的本意，那只能交给读者去评判了。

这套丛书可谓是一部书写红色记忆的读物，它对于了解共和国的历史、中国共产党的英明领导和中国人民的伟大实践都是不可或缺的。同时，这套丛书又是一套普及性读物，既针对重点阅读人群，也适宜在全民中推广。相信它必将在我国开展的全民阅读活动中发挥大的作用，成为装备中小学图书馆、农家书屋、社区书屋、机关及企事业单位职工图书室、连队图书室等的重点选择对象。

编　者

2010 年 1 月

目 录

一、 筹备决策

● 1991 年 8 月，中国科学院大气物理所研究员高登义在一处浮冰上，连续进行大气物理观测 7 天，并首次展开了中国五星红旗。

● 国家海洋局极地考察办公室任命："首席科学家陈立奇为我国首次北极科学考察队队长。颜其德、鄂栋臣为副队长。袁绍宏为'雪龙'号船船长。李远忠为考察队政委。"

● 1999 年初，我国国家极地委员会正式决定："条件成熟，准备考察北极。"

中国加入北极理事会

1990 年，我国加入了北极理事会，正式成为了该组织成员国。

8 个环北极国家相继成立了国际北极科学委员会，党中央和国家极地委员会，很早就对北极考察做了充分的准备。

1991 年 8 月，中国科学院大气物理所研究员高登义，应挪威卑尔根大学叶新教授邀请，参加了北极浮冰考察，在一处浮冰上，连续进行大气物理观测 7 天，并首次展开了中国五星红旗。

同年，国家南极考察办公室派出国晓岗、张福刚等赴加拿大考察拟进行的中国北极考察路线，提出从加雷索鲁特市出发到北极点的计划。

与此同时，南极考察办公室还派出陶丽娜赴美国学习北极考察的经验和管理，位梦华赴美国阿拉斯加州巴罗市考察。

1992 年开始，国家海洋局二所与德国极地研究所基尔大学和布莱梅大学合作，开展了为期 5 年的北极海洋生态科学考察，对北极生态系结构和北极对海洋生态的影响进行研究。

1993 年，中国科学技术协会成立了中国北极考察筹备组，派出沈爱民、位梦华和李乐诗3人从美国阿拉斯加进入北极地区考察。

同年5月至6月，高登义赴北极地区进行"地球三极地区在全球环境变化作用"的研究。

1994年1月至2月，国家测绘局周良主任赴芬兰北极拉普兰地区，进行卫星全球定位系统技术考察。

同年4月至5月、8月至9月，中国科学院海洋研究所祝茜博士赴美国阿拉斯加州巴罗等地，进行北极露脊鲸考察。

同年8月至9月，中国科学院地理研究所张青松教授和中科院兰州冻土研究所侯书贵博士，赴美阿拉斯加的北极地区，进行气候与环境变化考察。

1995年4月至5月，中国科协和中国科学院组织了中国北极考察队，在南德集团的赞助下，位梦华、李栓科等7人乘机到达加拿大以北附近，然后徒步滑雪或乘雪橇向北极点进军。

他们沿途进行大气、冰雪等考察，于5月6日上午10时55分，首次完成了中国人自己组织的由企业赞助的北极点考察。

1997年8月至9月，中国科学院大气研究所曲绍厚、高登义和气科院卞林根等3人，由国家自然科学基金委赞助，与挪威卑尔根大学叶新教授等合作，乘挪威考察船，使用TMT气象塔、超声风速温度仪和辐射仪等观测系统，在斯瓦尔巴德群岛不同垫面下，进行大气边界层结构和湍流通量等观测。

1998 年 5 月，国家海洋局极地考察办公室陈立奇、王勇和中国极地研究所颜其德赴斯瓦尔巴德岛，考察该岛的自然环境、科学考察基地和探讨建立科学考察站以及国际科学合作的可行性。

同年 7 月至 8 月，由国家海洋局组织的陈炳鑫任团长率陈立奇、袁绍宏、陶丽娜组成的北极考察团，乘坐俄核动力破冰船，从俄北极城市摩尔曼斯克市出发，经新地岛和约瑟夫法兰兹群岛进入北极点。

他们考察了北极地区海冰区、周围岛屿自然环境以及北冰洋航线和破冰实践，为中国首次北极科学考察航线的选择和实施方案的设计提供了科学依据。

正式组建北极考察队

1999 年，国家海洋局极地考察办公室初步决定：

第一，中国没必要在北极建立考察站。中国已经在南极建立了长城和中山两个考察站，经费有限。

目前，虽然已有许多国家在北极建立考察站，但是在所有的考察站中，没有一个是独立运行的，全部采用国家间的合作机制。

第二，中国将向全世界公开此次科考的数据。

中国此次考察区域海冰覆盖较厚，难以进入，又处于美国和俄罗斯的交界地区，历来的研究资料不多。

所以，中国首次北极科考可以说填补了国际北极研究的一个空白区域。

第三，中国考察队将严格遵守国际标准。"雪龙"号科学考察船严格遵守国际环保标准，对垃圾和废水采取妥善的处理措施。

北极地区是指北极圈以北的广大地区，包括北冰洋、诸多岛屿和亚、欧、北美大陆北部的苔原带和部分泰加林带。

其陆地和岛屿面积占 800 万平方公里，全部归属于 8 个环北极国家，但北冰洋仍属国际公共海域。

此外，北冰洋中北极圈内的斯瓦尔巴群岛的行政主权属于挪威政府，在遵守挪威法律的前提下，我国科学家可以在那里进行正常的科学和生产等活动。

由于独特的自然条件和地理位置，南极和北极在全球变化的研究中占有举足轻重的地位。

1999 年 6 月，国家海洋局极地考察办公室正式决定组建首次北极考察队，并任命：

首席科学家陈立奇为我国首次北极科学考察队队长。颜其德、鄂栋臣为副队长。袁绍宏为"雪龙"号船船长。李远忠为考察队政委。

这次考察队队员共 124 人。

在这 124 名考察队员中，有来自国家海洋局、中国科学院、农业部、北京师范大学、青岛海洋大学、厦门大学、武汉测绘大学等单位的科技人员以及后勤保障人员 66 名，另外，还有来自各主要新闻单位的 20 名记者，以及"雪龙"号上的 38 名船员。

中国决定考察北极

1999 年初，我国国家极地委员会正式决定：

条件成熟，准备考察北极。

同年 4 月，中国极地委员会代表陈立奇、中国极地所董兆乾、中科院资环局刘健和国家海洋局极地考察办公室彭鹏，参加了北极科学论坛和国际北极科学委员会年会。

会上，陈立奇报告了中国首次北极考察计划：

此次考察计划 1999 年 7 月 1 日从上海出发。上海至北冰洋往返走航时间 16 天。

楚科奇海测区预计调查作业和站间走航时间 7 天，联合冰站作业时间 10 天，冰区破冰往返航行 12 天。在完成楚科奇海考察后返回白令海，白令海测区预计调查作业和站间走航。

8 月走航时间 12 天。8 月 9 日停美国阿拉斯加罗姆港补给 3 天。9 月 1 日返回上海。整个考察计划 60 天。

在这次年会上，中国公布了科学预定的首次北极考察航线为：

上海——日本海——白令海——楚科奇海——加拿大海盆——北极永久海冰区——楚科奇海——白令海——日本海——上海。

中国首次北极科学考察主要工作区域是：

白令海、楚科奇海和加拿大海盆。

中国首次北极科学考察主要任务是：

雪龙船将先完成在楚科奇海开阔水域的海洋、大气综合调查。

到达楚科奇海冰缘后，雪龙船沿西向北破冰。海冰冰站联合观测作业，在雪龙船破冰所能到达的最北端。

南站位以雪龙船为依托实施，北站位用直升机完成楚科奇海、加拿大海盆冰上工作后，返回白令海进行海洋、大气综合调查。

执行中国首次北极科学考察任务的船只，是"雪龙"号科学考察船。极地委员会代表介绍了"雪龙"号科学考察船的装备和性能：

"雪龙"号科学考察船，是目前我国唯一的一艘能在极地海区航行的破冰船。

该船总长 167 米，宽 22.6 米，功率为 1.7 万马力，最大航速 18 节，续航能力达 1.8 万海里。

该船由乌克兰赫尔松船厂于 1993 年 3 月 25 日建造完工。

该船原设计为北极地区多用途运输船，具有较强的破冰能力，能以 0.5 节航速，连续冲破 1.2 米厚的冰层。

该船装有可调式螺旋桨，航行时操作灵活，有利于破冰。

该船用 E 级钢板制作的船体，即使在零下 50 度的严寒气候条件下，也不会变形。

那么，我国考察北极的意义何在呢？

第一，北极地区的气候环境过程直接影响我国的气候与环境变化，关系到我国未来国民经济的可持续性发展，中国科学家有必要研究该地区的气候和环境问题。

第二，北极地区的公共资源属于全人类，我国有责任、有义务、有能力参与北极地区自然资源的和平利用与保护。

第三，我国经济和社会的发展已经产生了对北极地区自然资源的需求。

第四，开展北极研究，不仅对认识极地系统，进而认识整体地球系统具有重要的科学意义，而且对我国气候、环境、农业、资源等方面的现实意义也是很明显的。

例如：北极的气候系统严重地影响着我国的气候，左右着我国主要经济地区的季节交替与旱涝风霜。

北冰洋洋流对东亚大陆气候环境和海洋经济渔场有着重要影响。我国当时的远洋捕鱼船已逾千艘，年获鱼总量约50万吨，其中1/4来自北冰洋及白令海临近海域。

另外，对北极的研究，可为我国北方干旱、半干旱区针对荒漠化、沙漠化治理的国土整治规划提供必要的科学依据。

二、 挺进北极

● 屠光绍在讲话中说："此次北极科考是21世纪中国最后一次壮举，将永远记录在中国科学考察的史册上。"

● 吴金友说："今天发生的是非常正常的小故障，我们认为有能力、也有百分之百的把握修理好，经过船长和陈队长商量，没向海洋局报告，就作出了停船的决定。"

● "雪龙"号穿越了国际日期变更线。船上广播通知大家："请大家把手表由7月11日23时30分改成7月10日23时30分。"

"雪龙"号整装待发

1999 年 6 月 30 日，"雪龙"号考察船静静地停靠在上海浦东外高桥集装箱新码头。

所有的队员都在做出发前的准备，船上和码头都显得一片繁忙。13 时 30 分，队长陈立奇在"雪龙"号船上，主持召开了第一次全体会议。会上宣读了考察队员分组名单。

除船员外，近 90 名考察队员被分成了 5 个组，即大洋组、海冰组、大气组、影视组和文字组。

分组的目的是为了工作和生活的方便。因为在船上，很多工作需要大家轮流做，比如帮厨、打扫卫生、端饭菜等。

除了简单地讲了一下队员的分组情况，后勤组领导大部分时间是给大家详细讲解船上电子信箱的设置和使用方法。

大家都知道，在茫茫大海中一走就是两个月，信是发不出去了，卫星电话好几十块钱一分钟，电子邮件就成了与外界沟通的手段。因此，大家都听得特别认真。

后勤组领导告诉大家：船上设了一个公用机房，里面有四台台式机和一台打印机。在这儿，大家可以把邮件发到机房的一台服务器上，再通过卫星电话统一发送到网络上。

为了节省费用，船上的服务器暂定为每天 15 时和第二天 3 时各连通一次。技术人员再三提醒大家，尽可能使用纯文本格式发稿，而且最好先压缩再发送。

全体会议开完后，考察队的领导们接着又开干部会。船下边的码头上，工人在布置第二天出发仪式会场。两行蓝底白字在雨中显得异常清晰，上面写着：

中国首次北极科学考察暨雪龙首航北极起

航仪式

7 月 1 日，是"雪龙"号起航的日子。大家在船上吃早饭的时候天还下着雨，没想到雨很快就停了。

起航仪式就在码头举行。宽阔平坦的码头被布置得色彩缤纷，前几天还很安静的高桥新码头一下子变得热闹起来。

长长的横幅上写着"向极地英雄致敬""发扬南极精神，祝考察队员一路平安"等标语。这里成了人们在"雪龙"号起航仪式开始前竞相拍照的一个景点。

9 时，国家海洋局局长张登义宣布：

起航仪式正式开始！

顿时，肃立在岸边的军乐队奏响了中华人民共和国国歌，随后，各界群众代表和少先队员向考察队员献了鲜花。

屠光绍在讲话中说：

> 此次北极科考是 21 世纪中国最后一次壮举，将永远记录在中国科学考察的史册上。

随后，国家海洋局局长张登义也讲了话。

紧接着，上海文英小学的小学生，打着"北极科学考察预备队"的旗帜，列队在岸边为考察船送行。

一位叫杨欣洁的小学生说：

> 希望你们回来以后，能为我们讲述考察探险的经历，让我们更多地了解北极这块神奇的土地。

这个学校的全体学生还给北极考察队递交了一封公开信，信上写道：

> 我们将看报纸、听广播，时时关注你们，与你们"同行"。

孩子们还在信里叮嘱北极科学考察队的叔叔阿姨们，一定要小心北极熊。

10 时整，国家海洋局局长张登义宣布：

正式起航！

霎时间，汽笛一声长鸣，随后，"雪龙"号缓缓驶离码头。

就在这历史性的时刻，几天来一直雨水如注的上海，雨忽然停了。更难得的是，在船缓缓驶出港口的一刹那，阳光穿云而出，随后又隐藏在阴云中，让所有考察队员和出席起航仪式的来宾惊喜不已。

后来，考察队协调员吴金友说：

这一天气的巧合为中国首次北极科学考察开了一个好头，也为这一中国科学考察史上的壮举留下了一段佳话。

考察队员和在岸上的送行人群互相挥手道别，"再见"的祝福声在海上久久回荡。

挺进北极

015

"雪龙"号在近海训练

考察船离开上海码头之后并没有继续前进，而是停泊在一个离岸很近的海面上，继续进行没有完成的准备工作。

按计划，考察船6月30日上午离开上海外高桥码头，应该驶向长江口的锚地，在那儿停泊一天。

安排停船的目的，按考察队队长陈立奇的话说，是给船上的科学家留一个机会，使他们能够在平稳的环境下，从集装箱里把仪器搬出来。另外，也可检查一下仪器，万一有什么疏漏，可以采取补救措施。

"雪龙"号船长袁绍宏说：

这次备航的时间太短，很多船员都是在昨天下午，才有3个小时的时间回家看看，有的连跟家里人告别的时间都没有。

这次出海，大家都没有接受救生训练，所以7月2日早上，我们要进行救生训练。训练完成后，等科学家们调好仪器，我们的船才会正式起程向北极进发。

7月2日7时30分，广播里传来船长袁绍宏的声音：

8 时准时进行弃船救生训练。

大家匆匆忙忙起床，连早饭也顾不上吃，警报器就拉响了。于是，大家赶紧提了救生衣直奔甲板，几位记者顺手把相机也带上了。

船上 120 多人分乘两辆救生艇和两只救生筏。每个人都有一个位置，不会发生像"泰坦尼克"号上那种救生器材不够用的情况。

记者组被指定搭乘 2 号救生艇。这是一种橄榄形、全密封的船，不像一般船上的救生船是敞开的，倒像一个潜水艇。这种形制是针对极地严寒专门设计的。

全体人员都穿好救生衣在甲板集合。船员们七手八脚把救生艇往海里放。这个铁家伙发出巨大的汽笛声，船尾的推进器也高速旋转起来。

船放到一半，表明一切正常，演习宣布结束。

这时出现了一点故障：救生艇上不去了，因为起吊机的电源开关打不开了。经过几分钟紧张检查，故障排除了。

"雪龙"号汪大副安慰大家说："电力系统不影响安全，因为艇是靠自身重量放下去的。"

演习结束后不久，"雪龙"号考察船于 12 时 30 分正式出发了。

海上航行顺利排除障碍

7月3日，"雪龙"号经过30多个小时的航行，进入对马海峡。

对马海峡位于对马群岛的东南侧。"雪龙"号以每小时15海里的速度向正北方向行驶。晚上，穿过了对马海峡。

天气多云，有风，海浪较大，船有些晃动。部分队员从昨天晚上起，开始再度出现轻度晕船现象，不过大多已经恢复。

船上的生活和工作也开始变得有条理起来了。科学家们在整理仪器设备，船上还创办了一份名叫《极地探索》的小报，稿件已经备齐，正在做排版工作，估计第二天就能出版。

下午，首席科学家陈立奇作了第一个专题报告，题目是"北极变化对全球的影响"。

随后5天的报告安排也已经落实，除了科学家的专题学术报告外，还安排了记者作采访见闻报告。

自7月1日从上海起航以来，"雪龙"号一路绿灯，在风平浪静中行驶在日本海，次日早上将穿越宗谷海峡，进入鄂霍次克海。

据国家海洋局气象预报中心研究员解思梅博士介绍，

考察船离开上海时，处于一个低压气旋的边缘，天气阴有小雨将有雾。

但开航一段时间后，天气好转。在 5 天的航程中，一共遇到 3 个低压气旋，船一直跟在气旋的后面，从而避开了风浪和大雾。

解思梅比喻说，这就好比开车遇到红灯，常常会总是红灯，而遇到绿灯，则一路绿灯。

船长袁绍宏证实了这一说法。他说："日本海在这个季节往往是多雾，以前航行遇到过 5 米以上的大浪。"

考察船航行的这几天却是风平浪静，能见度良好。为了紧跟着气旋，考察队放弃了原计划在日本海进行的第一次停船采样的计划。

解思梅博士说，未来几天内，"雪龙"号前方还有几个高压气旋，与考察船同方向向前移动，预计 11 日到达美国阿拉斯加罗姆港。在"雪龙"号完成第一阶段的航行之前，都会有好天气相伴。

7 月 6 日凌晨，"雪龙"号船穿越了北太平洋日本海的宗谷海峡。13 时，考察船停船两个小时，进行第二次采样及试验。

秦为稼说：

进行此次考察预演是为了让考察队员们试用设备、熟练操作，以及进行协调配合训练。

海洋考察预演项目包括：在后甲板，海洋组的队员把一个海底表面沉积物采样箱放入 1000 米深的海中，表明 6000 米的深水绞车工作正常。

在右甲板，队员把一个梅花状生物和分层采水器放入了 1000 米深海水中进行海水温度、盐度和深度测量，得到的温度、盐度曲线证明探头工作正常。

预演中，考察队大气组还放飞了一个抛弃式无线接收器，对湿度和气压以及臭氧含量进行测量。放飞后，数据接收情况一切良好。

在考察船附近，可以看见库叶岛上的山影，偶尔有几条海豚在远处水面探头窥视。

所有上甲板的人都穿上了防寒服。大家都在担心：这么早就用上了"全部家当"，过几天到了北极该怎么办呀？

7 月 9 日上午，"雪龙"号考察船进入白令海时，出现了机械故障。9 时 10 分，"雪龙"号主推力轴承出现大量漏油现象。主推力轴承是螺旋桨的动力输送部件，其最大推力可达 180 吨。

经检查，漏油的原因是油盘松动，密封件损坏。轮机长报告驾驶台后，要求减速行驶。"雪龙"号慢慢停下来，开始检修。

停船期间，一艘俄罗斯巡逻军舰前来询问，在得知不需要帮助后离去。

轮机部全体动员，原来估计 12 个小时左右能修好的故障，用了 5 个小时就修好了。

18 时，由吴金友主持记者碰面会，船长袁绍宏向大家介绍了船只发生故障的详细经过。

据介绍，"雪龙"号是第一次出现这么严重的机械故障。介绍完毕，大家各自回到自己的房间发稿。

"雪龙"号继续推进。

20 时召开的记者会仍由吴金友主持。

大家看到，这次考察队队长、首席科学家陈立奇到了会场。吴金友面带尴尬笑容，首先对大家说："非常对不起大家，刚才开新闻发布会，现在又要开这个会，向大家说明情况。"

吴金友接着说："今天发生的是非常正常的小故障，我们认为有能力、也有百分之百的把握修理好，经过船长和陈队长商量，没向海洋局报告，就作出了停船的决定。为了不影响整个工作，希望大家不要发布消息。"

记者们开始非常不理解，后来想想也有道理。船发生故障，航海日记一定要记，队长也肯定会向北京报告。怕只怕记者各有角度，"家里"产生误解。

暂泊加拿大罗姆港待援

7月10日，"雪龙"号在白令海中行驶，还有10多个小时，考察船就要越过国际日期变更线了。

由上海的盛夏，猛然就要进入寒冷的冬季，大家总算领略了"跑步进入冬季"的滋味了。

考察队员们商量了一下，决定7月10日举办一个晚会，以庆祝即将到来的"仲冬节"。因为中国的节气中有一个"冬至"，为区别起见，极地的人管这个离太阳最远的时刻叫"仲冬节"。

早在两天前，大家就开始张罗这场晚会。大家最初的意思是办一个综合性的晚会，每个班组出一个节目。

政委李远忠提出异议说："不行，时间太仓促，演出质量无法保证。怕会搞得不伦不类的。"

于是，晚会就改成了卡拉OK大赛。

《中国青年报》记者张岳庚着短袖衬衫，打领带做男主持。他的同事袁力着裙装做女主持。

此外，彭鹏居然找出一件旗袍，做外语主持，因为，船上还有4位外国朋友。

介绍评委和选手出场时，任建明和聂晓阳一人打鼓、一人敲锣，气氛热闹非凡。

除了值班的船员，能到的队员都来了。晚会由《北极探索》编辑部承办。

演唱期间穿插颁奖，由陈立奇为创刊号作出突出贡献者颁奖。

23 时 30 分，"雪龙"号穿越了国际日期变更线。船上广播通知大家：

> 请大家把手表由 7 月 11 日 23 时 30 分改成 7 月 10 日 23 时 30 分。

这次晚会直到凌晨才结束。随后，船不断向东行驶，队员们的时钟也不停地向前拨。当时船上钟点和北京已有 3 个小时的时差。

时钟说拨就拨，很简单。可是，大家的生物钟可不会跟着这么快就"拨"过来。首先是肚子和睡眠的问题。于是，到了开饭时间不饿，到了睡觉时间不困就成了问题。

船长袁绍宏打趣说："现在咱们有船时、北京时、世界时，加上马上靠罗姆港，还要算美国阿拉斯加夏令时。可咱们只有一块手表、一个闹钟和一个挂钟，恐怕现在是什么时间，谁也搞不清楚啦！"

7 月 11 日，"雪龙"号预计 14 时到达美国阿拉斯加罗姆港。之前，考察队召开了全体队员会议，政委李远忠告诫大家要遵守港口规定，其中包括不要洗澡、洗衣服。

挺进北极

李远忠告诉大家说："'雪龙'号将停在罗姆港外约一海里的地方，不进港。本来给大家都办好了美国签证，计划在罗姆港停留3天，但此时正式决定任何队员都不上岸。时间太紧，我们只准备在港外停留10多个小时。"

据说，实际的原因有两个：一是经费问题，经港停留要花费数以万计的美元；二是标准问题。

"雪龙"号停在罗姆港外，目的是要等即将上来的两名队员，一位是台湾明新技术学院的张瑞刚博士，他带了一台昂贵的绝对重力仪；另一名是台湾《联合报》的记者李彦甫，他上船经过了国务院港澳办的批准。

另外，"雪龙"号请专程从芬兰飞来的工程师上船维修气象自动观测仪。早在考察船到达罗姆港之前，船上的两个最重要的仪器出了问题：一个是气象自动观测仪，一个是梅花采水器。

为此，领导们吃不好、睡不香。电话、传真来来回回好多遍，总算联系上了维修专家。

气象自动观测仪是1999年6月，国家海洋局海洋气象预报中心从芬兰的一家公司购进的当时世界上最先进的气象自动观测仪，专门用于此次北极考察。但离岸前，被公司的工程师不小心把仪器的主板给烧了。

而梅花采水器是当时世界上最先进的海水取样设备，圆形钢架的一圈排着11个采水窗口，状如梅花。

这次科考主题是海、冰、气联合观察，少了这两样设备，考察的三分之二内容就没法做了。

由于这 3 个人上"雪龙"号都要办理出境手续，芬兰工程师下船后还要办理入境手续。罗姆港此时根本没有海关和港监人员，美国专门从另一个城市派员来为他们办理有关手续。

这 3 人将租一条渔船上船。

在港外抛锚期间，船上的污水不再排放。由于船上所能容纳的污水有限。所以政委说："要洗澡今天晚上赶快行动，明天起不准再洗澡和洗衣服。"

不进港，其实大家也没有什么太大遗憾，因为罗姆港实在太小。

分不清白天与黑夜，分不清日出和日落，分不清东西还是南北，这就是考察队员们到达罗姆港第二天的感觉。

在距离近 3.5 公里的远处仔细观察一座小镇，这是大家以前从未有过的体验。记者们有的用望远镜一点点地看，有的用长焦镜头一张张地拍。这也是对陆地的一种亲近。

罗姆港三面环山，一面临海。附近很安静，没有烟冒出来，也没有声音传过来，只看见飞机一架一架地起降。

从地图上看，这里有铁路通到码头，还有公路，机场有两个，一大一小。镇中没有高楼，教堂的尖顶成为制高点。

尽管当时是夏天，但山上的积雪还没融尽，小镇仿佛在头上扎了条丝带，平添了几分妖媚。最高的山顶上，四方略带点弧形的预警雷达天线，在太阳的照射下发出光芒。

小镇面临的白令海峡最狭处只有 20 海里，把美国的阿拉斯加和俄国的西伯利亚隔开。平时没有船在这里靠港，只有几条小船安静地泊在岸边。

恰巧一艘绿色和平组织的船也泊在港外，曾上过那艘船的李乐诗对大家说，那是绿色和平组织最大的一艘船。可大副估计，吨位不过 2000 吨左右，只有我们船的十分之一。

来自台湾地区的两名队员还没有上船，因为《联合报》记者的手续出了麻烦。他虽经国务院港澳办批准，但没有在中国海关办理手续，所以不能上船。

大家听说他正通过北京的办事处办理，如果第二天还办不好，将会错过一次良机。

按照科考计划，第二天下午，考察队将起锚穿越白令海峡，进入北冰洋。随后，考察队员将在北冰洋进行 16 个站位的海、冰、气联合考察，并在北纬 73 度实施第一个站点的作业。

第二天起锚后，船上将进行直升机试飞等作业准备。根据当时收到的冰情，北极的冰区比计划中的靠南，这给原订的考察带来了一定的难度。

考察队密切注视以后的冰情变化，并根据不同的冰情抓紧时间启用备用方案。这一阶段调查完成后，"雪龙"号将进入永久冰区。

7月12日，芬兰工程师在罗姆港登船，把气象仪修好了。不久，采水器也找到问题了，原来是电池坏了，只有电压，没有电流。不过考察队也付出了代价。接送芬兰人上下船，雇的是当地人的小艇。

当时"雪龙"号离岸仅一海里多一点，小艇往返一趟要花接近一万元人民币，3趟总共花去将近3万元人民币。"雪龙"号自己也有小艇，但美方海关不放行。

张瑞刚是和《联合报》记者一起到达罗姆港等待上船的，但最终登上"雪龙"号甲板的，只有张瑞刚一个人。

当日下午，海冰考察队召开了协调会，讨论进入冰区后的观察和海冰站上的观测任务。

根据协调会初步认定，这一阶段还将设8个观测点，它们分别距离"雪龙"号500米到1000米左右，其中一个距离会远些，且需要连续考察7到10天。

这是因为，冰况随时在变化，航行路线和最北端的位置都是相对的，没有最后确定。但是总的原则是："雪龙"号破冰不撞冰，航行的最北点为海注站的位置，直升机将部分冰雪考察队员向北送。

这就是说，"雪龙"号开足马力向北行驶，一直到不能前进，就停下来，但不采用倒车、再向前冲撞冰层的做法前进。

这样既节约了时间，又节约了油料。这是一个实事

挺进北极

求是的方案，因为航行最北点的位置在这次考察的科学
目的中并不重要。

三、 考察海区

● 报务员小龚却说:"刚才广播里一通知大家出来看北极熊没两分钟,老李就来打电话,直接用声音把这消息传给了晚报。"

● 扬声器里的"老调调"伴着拾音针在唱片上"滋滋拉拉"的噪音,倒也添了几分怀旧的味道。

● "雪龙"号考察船还为考察队员们预备了一个级别很高的"海上医院"。"海上医院"除了一大间诊疗室,还有专门存放药品的房间和一间很大的手术室。

摆脱海面浮冰围堵

7月13日零时32分，考察船沿西经线在楚科奇海向北挺进时，这时候，海面上开始出现浮冰。

开始冰很小，只是一片一片的，很轻盈，有点像春水融化时带去的冰凌。渐渐地，远远近近全是冰，如万马奔腾，向船头涌来。

这时，太阳升了起来，照得海水和冰块发红，大家全到了甲板和船头上，摄像机、照相机，胶卷式、数码式，长焦头、广角头，家伙全端出来了。

第一次看见浮冰时，大家的心情很激动。稍微平静下来，就开始评赏了。有人问："你们说，这浮冰像什么？"

陈立奇说："这种冰三三两两地散落在水面上，就像江南水乡的荷叶。但从冰上覆盖着的一层雪来看，像是一场暴风雪搅碎了完整的冰面。"

可大家都觉得，被浮冰占去了大半的水面，更像一场激烈战斗留下来的等待打扫的战场。因为白色的冰上，不时可以看见黑色的斑块。

随着船再往里走，冰上的黄色或褐色物体更多了。于是，大家问陈立奇说："楚科奇的海冰为什么这么脏？"

陈立奇说："这可能是西伯利亚吹来的尘土，落在冰面上了吧。"

研究员卞林根则认为："可能这些海冰并不是这里的'主人'，而是被海流输送过来的陆缘冰。冰上的污物可能来自陆地。"

船上一位对生物有研究的考察队员认真观察过后指出："海冰上不是污物，而是附着的藻类。"

曲绍厚说："有海藻，分布在底部冰块中。也有污物，分布在表面。"

到底是怎么回事，大家众说纷纭，莫衷一是。

5时38分，"雪龙"号考察团穿越白令海峡，进入北极圈，这是我国远洋考察船首次进入北冰洋。

按照计划，考察队当天开始在北冰洋外海楚科奇的大洋调查作业，中国首次北极科学考察活动正式开始。

担任此次科考首席科学家助理的秦为稼说："预计考察团第二天将进入北冰洋浮冰区，届时各项相关考察工作将相继展开。"

回顾10多天的航程，秦为稼说："此次航行特别顺利，一路上海况和天气等情况对于考察队员开展大气和大洋走航观测，获得珍贵走航观测资料非常有利。"

几天以来，考察船经过的区域白天越来越长，而夜晚越来越短。当时正是极昼，进入北极圈以后，黑夜已经完全消失。

这对考察队员的休息造成了一定影响，但是有利于争取时间圆满完成各项考察任务。

进入极圈前，大群的鲸鱼在船的周围接二连三地喷出水柱，在阳光下形成此起彼伏的水雾，使大家感觉极受欢迎似的。

次日，记者们乘坐"雪龙"号上的直升机对北冰洋进行了航拍。这是首次中国北极科学考察队随船直升机的第一次试飞。随后，船上进行防北极熊实弹演习，10多名队员排了值班表，每个人打了几发子弹热身。此后，由于航线上不断出现大片大片的厚冰，"雪龙"号不得不时时调整航向行驶。

按照出发前制订的实施计划，"雪龙"号将先完成在楚科奇海开阔水域的海洋、大气综合调查，16个拟定站点分布在北纬73度到75度之间。

进入楚科奇海后，科考队发现，由于受洋流和气旋的双重影响，考察船不可能马上到达73度以北的位置。

7月14日，根据冰情，大洋组讨论并经队长陈立奇批准后，考察队临时增加14个考察站位。

第一到第九个站位的实施还算顺利。次日下午，在驶往第十个站位时，考察船遇到了厚度在10米以上的大面积冰坝。"雪龙"号破冰能力只在1.1米左右。当时大雾重重，能见度仅10米左右，站在船头看不清船尾。

于是，经过10多个小时的停顿之后，"雪龙"号在船长的亲自指挥下，调转船头，向南开了10海里，又向正东方向前进了约40海里，然后沿西经174度线继续向北。

因此，第十站位临时改到了同一纬度但向西移一个经度的地方。

同时发现两只北极熊

7月17日凌晨，考察船在浓雾和重冰围困下，仍然破冰前进到北纬70度的位置。

船长袁绍宏激动地说："这是中国船只有史以来到达的最高纬度。"

在终于驶离冰区之后，船长对大家说："你们知道吗？我们一直在这里打转转呢！我们最后离开的这一片冰区直线距离只有50海里，我们却航行了整整3天。"

大家"哦"地惊叹一声，这才初次领教了北极圈考察的艰难和凶险。所以，船长袁绍宏在这几天的航海日志上，"航向"和"航速"一栏大都写着"不定"。

17日7时，"雪龙"号已基本摆脱坚冰的围堵，向着预定目标第十一号站位前进。在冰海中的曲折并没有影响大家的情绪，16日，即北京时间7月17日，正好是副队长鄂栋臣教授的60大寿。

鄂栋臣教授来自武汉测绘科技大学。算上这一次，他已是第四次出征极地，南极长城站和中山站的地基上都留下了他的足迹和汗水。

晚餐时，考察队员们齐声高呼：

祝鄂教授身体健康！永远健康！

14时，考察船广播里忽然传来船长的声音："大家注意，船的左舷发现北极熊！"于是，大家都拥到了船头，一个个趴在船边伸着脑袋看。尤其是记者们，就更踊跃了，在人缝里钻来钻去，大声说"借光借光"，都想找一个好角度拍照。

北极熊太远了，它在船的正前方约500米的地方来回溜达，毛色和夹杂黄灰色污物的雪非常接近，所以人的肉眼很难发现它。

"还有一只！"大家惊叫起来。果然，在船的左前方还有一只北极熊。这一只近得多，它正朝大家张望。远看过去，这头北极熊脑袋像熊猫，可屁股又大又圆，像头小象。

船悄无声息地慢慢向前挪，试图靠得更近些。北极熊对这种"伎俩"似乎不屑一顾，它迈着悠闲的步子，晃晃悠悠地向更远处走，走两步回一下头，始终和考察船保持相当的距离。

两只北极熊相距有几百米，随船科学家一时无法确定它们的关系。据科学家介绍，北极熊要到4至5岁才成年，成年后才开始"谈婚论嫁"。

北极熊体态笨重，身手却非常敏捷，考察队员们看到它们偶尔轻松地在浮冰间跳动。当时是夏季，北极熊来到食物较为丰富的冰区边缘，大概是觅食。

据科学家介绍，由于过度捕杀，北极熊已变得非常稀少，北极地区的国家在20世纪70年代签署了保护北极熊的公约，严格控制买卖、贩运熊皮及其制品。

但当前北极熊总量已很少，平均每700平方公里才有一头。这次中国的考察队看见两头，实属不易。

本来，大家都做好了看不见北极熊的准备。于是，在当天的航海日志上，船长郑重地记载了这一"事件"：

14时46分，北纬70度29分、西经167度31分，发现两只北极熊。

看完熊回舱，新华社聂晓阳飞速写就一篇特写："你好，北极熊！"一溜小跑去报房发了稿。然后喘口气说："我是全船第一个发布这一事件的人！"

报务员小龚却说："别美了，《解放日报》的老李比你来得早。刚才广播里一通知大家出来看北极熊没两分钟，老李就来打电话，直接用声音把这消息传了出去。"

正要出版的船上小报《北极探索》也打算撤掉第一版，来报道这个事。于是，"主编"白山杉风风火火地跑来，找记者任建明要北极熊的照片，要换到第一版。

就这样，为了这点"小收获"，船上几乎每一个记者的灵感都被充分激发，作为当日的主要新闻发了回去。

考察海区

出北极圈进白令海

17 日 16 时左右，"雪龙"号到达北纬 70 度 28 分、西经 167 度 09 分。作业完毕，"雪龙"号驶到冰区的边缘。不久，"雪龙"号已驶出冰区。

随后，考察队召集全体会议，陈立奇宣布：

队里已作出决定：调转船头，出北极圈，进白令海，先进行 13 天到 15 天的作业，然后再回北冰洋。第十四站位的作业将重回楚科奇海，在更北的地方进行。

"雪龙"号这一去一回，将增加 660 多海里的航程，燃油也会多消耗 100 多吨。队长陈立奇向记者解释说：

第一，北冰洋上的冰站和冰缘作业要在具有一定深度的海洋中进行，最浅也要 500 米。由于冰情不好，前一阶段的作业都是在楚科奇海的浅水区进行的。"雪龙"号破冰能力有限，要到达北纬 72 度以上深海区域是不可能的。

第二，"雪龙"号目前的状况不够理想。

"雪龙"号出发前，进行了几个月的大维护，费用高达800多万元。维修时很多配件已买不到，影响了船的维护。"雪龙"号长期处于大强度破冰状态，担心会对船有所损伤。

据船长介绍，以出航后多次发生漏油故障的主推力轴承为例，这根长13米、重50吨的轴承，精度要求在25丝米以内。国内船厂根本没有制造能力，甚至拆开后都无法按要求的精度装上。上海没有一家船厂敢接受"雪龙"号的维修。

陈立奇接着又说：

第三，此次，科考队在楚科奇前一阶段的科考已取得了预定的成果。10多个站位的科考取得了一批数据和样本，为下一阶段的考察打下良好基础。按首席科学家助理赵进要的说法，一次专项的楚科奇海科考也不过如此。

如果"雪龙"号能顺利再返北冰洋，争取进到北纬74度以上进行海冰气联合作业，从7月中到8月底，首尾两个阶段的冰区考察总时间比最初计划大大延长，应该能达到更好的科学目标。

全体队员开完会，考察队领导又将记者们全部留下，专门开了个会，要求大家先不要发稿。

拖网调查渔业资源

7月19日，在考察船开往白令海的途中，考察队大洋组作了一个"中国首次北极考察第一阶段楚科奇海考察圆满完成"的报告，主要是向记者介绍考察成果。

国家海洋局极地考察办公室科技处副处长秦为稼主持报告会，并介绍了楚科奇海考察计划的组织实施。

晚饭后，考察队进行了拖网试验。主要目的是调查白令海的渔业资源情况。白令海是北太平洋上资源最丰富的渔场之一，也是我国远洋渔业的重要作业场所。

但这个地区的资源情况到底怎么样，我国一直没有第一手资料。因此，调查白令海的渔业资源，成为本次科考的重要内容。

几个"嗅觉灵敏"的记者赶到作业现场时，拖网已经放到水里了。他们看见网通过后甲板上有一个高高的A形架拖，用地质队的绞车一点一点放到大海中。

当时，船也将速度放到了4节左右，慢速航行。这次调查专门买了4只渔网，价格高达50万元。由于网绳的材料是进口的，因此比一般渔网贵得多。

网需要放到水下330米深，网的口径是一定的，一定的时间内，船行走的距离也是固定的，通过这几个参数，就可以计算出这个点的资源情况。

"有没有鱼？"不一会儿，几十名队员都过来了。

一个考察队员说："船上的声呐反映，现在位置的鱼群密度属于较稀少。"

大家都感觉到这天一定能捞上些鱼来，或多或少而已。但负责拖网作业的张勋和陈冠镇显然没这么乐观，他们俩紧抿嘴，不时看一下表。

20时，绞车又开动起来，开始收网了。当时正是北极的极昼，所以，20时还像大白天似的。

大家紧盯着海面，几百只海鸥也凑热闹似的，在大家头上盘旋，不停地发出类似小孩啼哭的哇哇声。

绞车的钢缆快收完了，网的浮球开始露出水面。考察队员张勋和陈冠镇动作娴熟，手脚麻利地往网上加缆、解缆，船尾的另两台原用于放锚链的小绞车也被利用起来。张勋身上还绑着长绳，这是防止掉到海中的保护措施。

网完全浮上来时，大家觉得有些不妙。整个网像辫子一样绞成一根绳。果然，除了几只已被网绞破了的水母之外，一条鱼也没看见。一位考察队员安慰拖网组的人说："成绩还不错，把人家'水母一家'都一网打尽了。"

渐渐地，风大浪急起来，其他队员都回去了。张勋他们仔细地把网收好，并仔细察看坠球。

从球及网布沾到的泥来看，网确实按要求到了海底。从网住了几只水母这一情况看，网口肯定张开了。

但到底是什么原因没网到鱼，还得仔细分析一下。好在还没到正式站位，这只是一场练兵。

采集深海浮游生物样本

7月21日2时，船停了，又一个站位到了。海水深达3600米，大洋组的科学家要在这儿"探访"海洋生物。

他们把一个网兜的下面用铅锤吊着，拴在绞车钢缆上，慢慢放入水中。缆车在数字显示为200时停下，然后再拉上来。这样柱形取样器海水中的浮游动物就全部集中到网兜子中去了。

说是个网兜子，其网眼直径只有0.33毫米，大部分浮游动物尺寸都大于这个数字。网提到水面以上，用海水冲刷干净，剩下的物质被收到了一个瓶子里。

科学家们晃动瓶子，里面发出蓝色的光，如萤火虫一样。这是小动物发出的磷光。就着灯光，可以看见里面有一些红线头一样的小东西，稠稠地，隐隐在动。

中科院海洋所的李超伦取一点样品放在显微镜下。有记者凑上前去，一个生机勃勃的世界呈现在他们眼前：

无数小动物在动，有的像蜜蜂一样，长脚一挠一挠地动；有的像虾一样，一跳一跳地蹿；还有的像饼子，但慢慢地蠕动。但每个小动物都玲珑剔透，如水晶做的艺术品，镶嵌着鲜亮的玛瑙般的红点。

李超伦和张武昌博士这次考察的项目是"浮游动物

关键种种群动力学"，他们还要在原地取一些海水，把这些可爱的小东西放在一个大器皿里养起来，从而测量它们的摄食率、产卵率、代谢率等数据。

与此同时，国家海洋局第三研究所的副研究员林景宏"执掌"两张网，网眼直径分别为 0.075 毫米和 0.5 毫米，前者捕获浮游植物，后者捕获浮游动物。

她不做活体培养，而是用福尔马林把样本保存下来，回去分析种群结构。

此外，国家海洋局二所的卢勇和金明明，正用一个电动控制的 10 升采水器采集海水，研究其中的氮、硅、磷的含量。

以上所有工作，其实是一个相互联系的整体。因为浮游动物在海洋生物状态中起关键作用，研究它们的种群结构，可以为我们的远洋捕捞提供基本参数，这些也是当时国际上研究海洋生物的热点课题之一。

梅花取样器首次取样

7月24日凌晨，即考察队移师白令海的第五天，他们已经顺利实施了第一断面13个站位的作业。

由于大的低压气旋减弱并东移，当时白令海的海况一直不错，除大雾弥漫之外，风浪一直很小，为科考的顺利实施提供了便利。但气象预报显示，两天内可能会有大风浪。

从19日22时考察船进入第一个站位以来，考察队加班加点作业，不分白天黑夜，也不管吃饭睡觉，船到地点就停，队员们就得进入紧张的工作程序，一干就是四五个小时。

其中，从第二个站位到第八个站位分布最密，队员们到站就干，干完就睡，饭也省了，梦也省了，每天工作时间都是10多个小时，没听到一个人抱怨。

相反，队员们说得最多的是："出海就这样，一咬牙坚持这一段时间就过去了。"

7月24日22时35分，考察船经过48小时的航行，到站停住，这里是白令海第一断面13个站点的最后一个。

大洋组海洋物理班的队员们开始了紧张的工作。

一个漂亮的圆形钢架上，花瓣状固定了11个细长的柱状容器，因此叫梅花采水器。一根钢缆把容器吊起来，用绞车控制，放到海水中去。绞车轰轰隆隆转起来。采水器下去的速度是每秒 1.5 米。

随后，采水器被提到了甲板上。厦门大学的蔡平河博士端着一盆小塑料瓶子走过来，他用一根橡胶管子套在容器下端，像挤牛奶一样从里面放出了满满一瓶海水。

每个瓶子都编号，分别对应采有不同深度海水的容器，每个瓶子的容量都是 50 毫升。

这套采水系统是 1992 年从美国进口的，每个容器是 22 升。当时，国际上最先进的采水系统也就是这种设备，只是采水的容器大一些，最大的可以达到 16 升。

考察队出发之前，在上海举行过协调会。关于采水器中的海水如何分配，各个单位进行了两个小时的热烈讨论，才达成了大家认可的分配方案。

厦门大学的施纯坦高工拿来的是 20 毫升的小瓶。中科院海洋所的李超伦拿来的是 500 毫升瓶。

国家海洋局第二研究所的金明明下手最狠，先用 120 毫升的瓶子挨个放一次，回去一趟又拿来一堆 500 毫升的大瓶子。

国家海洋局三所的王伟强也不甘示弱，一下子拿来两套不同的瓶子，他除了给自己取样外，还要替同所做生物项目的人取一套样品。

蔡平河和陈敏博士做的项目，是海洋同位素化学考察。他们把盛满水样的小瓶盖子拧紧，并在电炉子上化了些蜡，密封好，回去做分析。

　　王伟强为自己取的样，马上开始测出了海水的酸碱度；而另一个测生物细菌指标的也得带回去。

　　李超伦把海水带回实验台，用一个漏斗和一片滤纸进行了过滤，得到的叶绿素先存放在一个小塑料口袋中。

　　金明明要把海水用试剂氧化再还原，用于测定氧气浓度和氮磷浓度，这些指标是海中浮游植物生长环境的基本参数。

　　施纯坦要测水中的氧气浓度，他把样品瓶拧紧，再存放在木箱中。

　　茫茫大海，海水有的是，可没有想到，3000米以下的海水却成了宝贝。

考察队组织文化娱乐活动

随船的记者中，有两名摄影专业高手，一个是《地理》杂志的薛冠超，一个新华社的高学余。听说高学余光机身就带了7个。

船上办《极地探索》报，他俩都没帮上忙。薛冠超没带数码相机，高学余的数码相机是最新最好的，可是他的计算机没装扫描程序，拍出的照片传回北京后经过处理才能使用。

结果记者任建明成了《极地探索》创刊号的"首席摄影记者"。杂志4个版用了9张照片，全是他拍的。

"雪龙"号上不少队员都带了大量专门精心制作的纪念信封，如厦门队员参加首次北极科考纪念封、四川电视台的实寄封等，不下几十种。

带了纪念封的可以互相交换，这对好些个"非集邮爱好者"来说，他们压根就没想这事。连个空白信封都没带的，信封自然就有了价值。这是因为考察船上有个邮局呢。

全国第一个远洋船上的邮政支局，设在我国唯一的极地破冰船"雪龙"号科学考察船上。队员颜修荣的职务，说好听点是这个邮政支局的局长，其实只是一个光杆司令。这是因为，从局长到职工其实就他一个人。

邮局设在 251 室，20 多平方米的房间，铺着厚厚的地毯，是船上最"豪华"的公共场所。有电视、录像，还有多媒体查询设备。

颜修荣还带了一架数码相机，现场为队员拍摄，用彩色喷墨打印印在信封上，再打上首次北极科学考察的纪念邮戳，一个漂亮的纪念信封立刻就做好了。

"雪龙之家"是中国首次北极科学考察队自己的网站，只在"雪龙"号上"内部交流"。

这个"家"，本来是船长袁绍宏一时"头脑发热"的产物，可越到后来，大家就知道这个"家"的好处了。正在"雪龙"号上发挥着越来越大的作用。

网站开通仅几天，访问量已达到 600 多人次。记者们每隔几个小时就要来看看，船上是不是又有什么新动态。

队员有得意的照片、急于发布的消息，第一个念头也是拿到网站上去。因此，"雪龙之家"已经成为"雪龙"号上的信息交流中心。

在这之前，承担这一"重任"的，是"两报一刊"。两报指的是《北极探索》和《雪龙报》，一刊是指贴在餐厅墙壁上的各种公示内容。

《雪龙报》由政委牵头，船员们主办，由于人手紧张，到 7 月 25 日为止，只出版了一期。

《北极探索》因为是记者们"主办"，他们"人多势众"，惯常采取车轮战术，所以，每周一期正常出版。

《北极探索》毕竟版面有限，信息量明显不够，而且考虑到它需要有"记录历史"的作用，所以，很多内容是大家都已知道的。

而墙壁刊物比较灵活，但看起来不方便，更多的情形是记者拉着忙碌的教授说："您贴出来的那篇论文能不能给我拷贝一份？"

另外，"电脑迷"袁绍宏桌上摆着两台电脑，一个台式机，一个笔记本，内部网络把它们和公用机房、气象室以及首席科学家的电脑连在一起。

船上的电脑和网络设备大部分由一家公司赞助。不过，队长陈立奇说过，即使没有赞助，考察队自己也要买。这个信念表现出了一个科学家的现代意识。

于是，袁绍宏禁不住手痒，"斗胆"用两天时间搭起了一个网站。

考察"雪龙"号这个相对封闭的小社会，它具有几个基本特征：

第一，人口受教育程度高。"雪龙"号上只有120多个人，除部分船员外，其他绝大部分人都具有大学以上学历。

第二，电脑普及率高。记者和科学家人手一部电脑，几位高级船员也有电脑。

第三，没有电视，卡拉OK也不是随时随地就能利用的。否则，就是旅行，而不是科考了。

正是基于这样的人群特征，互联网便表现出了不可替代的强大作用，它使得报纸的作用弱化了。

"雪龙"号上的公用机房主要是供队员们收发电子邮件用的，因此被称为网吧。不久，网吧对面又添了新门面，是"极地酒吧"开张了。

那几天，"雪龙"号一直和阿留申大气旋周旋，许多队员失去了精神头儿，茶饭不思。大洋组的队员们在风浪中坚持作业，也都精疲力竭。

7月26日，天高云淡，海波不兴，是白令海一年中也少有的好天气。为了使大家振奋一下精神，王新民等几位总管后勤的队员便张罗起酒吧来。

吧台、高脚凳和酒柜都是以前船上就有的，一个救生圈、一段渔网成为有科考标志性的装饰。

一位船员还从自己的箱底翻出几张精美图画，备齐酒水，就挂出"PolarBar"的招牌。Polar就是"极地"的意思。

队长陈立奇亲自前来"剪彩"，成为第一批客人。"极地酒吧"里饮品丰富，白酒、葡萄酒、香槟、啤酒、牛奶、咖啡、果汁、可乐、矿泉水，应有尽有，且全部免费。

俄罗斯领航员伏拉基米尔前来享受一番后，高兴地送来了自己的"私房酒"，即一瓶包装精美的俄罗斯产伏特加。

日本极地所的东久美子先是要了杯咖啡，她喝完后意犹未尽，而后当起了女服务员，端茶倒酒，忙得不亦乐乎。

台湾来的张瑞刚教授、香港来的李乐诗女士也前来助兴。大家连续作业的疲劳、晕船的苦楚、想家的落寞，都在欢乐中化解。

在此后的几天中，有人居然从考察船的仓库里，翻出一台留声机和几张塑料螺纹唱片，里面全是20世纪五六十年代的歌曲。

扬声器里的"老调调"伴着拾音针在唱片上"滋滋拉拉"的噪音，倒也添了几分怀旧的味道。

于是，记者们的灵感全集中到这儿来了，不约而同地写酒吧，拍酒吧。

见到这种情况，"新闻班长"老吴对大家说："这样有点不对劲儿吧。大家都写酒吧，国内的人会怎么看？"

实际证明，他的担心纯属多余。

《中国青年报》把张岳庚的文章配照片发在头版头条，队长陈立奇说："我看行。我们热爱酒吧，表现的是在艰苦环境下的自我调节能力，是对美好生活的满腔热爱嘛。"

考察船的后勤保障工作

考察队以前吃的菜都是先用水煮熟，再加明油，一锅就够。这天在陈队长的要求下，厨师特别分几锅炒了菜。全船 120 多人，只有 1 名厨师、4 名厨工，工作量不小。

为此，船上排了帮厨和值班表，所有的科技人员、记者都在此列。每天有 4 人负责端饭端菜、打扫餐厅，还有两人帮助洗菜、淘米等，打打下手。

蔬菜都是从上海出发时带的，放在冷库。有时，大厨对帮厨的队员说，你去"玩玩"白菜吧。

"玩玩"，那就是分配你去冷库给蔬菜做"翻身运动"。大家都知道，蔬菜堆放时间一长，下面的就发热了，要翻上来，以免坏掉。

蔬菜在冷库放久了，虽然也叫新鲜蔬菜，但已是"一脸的沧桑"，加上天天同样风味，大家的胃口难开。每天的开饭时间为：早饭 7 时 15 分，中餐 11 时 15 分，晚餐 17 时 15 分，夜餐 23 时 30 分。

由于时差关系，什么时间睡觉的人都有，由此形成了一个总体规律：吃早餐的人最少，有三种人吃早餐，即作业队员、整晚不睡觉的人和早睡早起的人，加起来有三四十人。

午餐人少一些，主要是整晚不睡觉的人起不来。晚餐人最多，很多人就靠这一餐"维持生命"。

夜餐变得最受欢迎，夜餐有一个好处，开胃的小菜特别多，各种辣酱随便吃，腐乳也基本不间断，有时还会吃上咸鸭蛋、糖蒜等佐餐食品。

考察船上的厨房设备比较齐全，有电炒锅三台，电蒸箱两台，电烤箱一台。还配有烤面包箱、压面机、发豆芽机、削皮机、磨浆机等设备，可以做面包、蛋糕、豆腐、发豆芽等。

面包每餐只几片，专供俄罗斯领航员，可能是从上海带的。副队长鄂栋臣过 60 大寿时，大家尝过一次蛋糕，味道不错。

在海上的日子一长，为了给大家提提胃口，餐桌上的豆腐、豆芽逐渐多了起来。

大厨朱钜银是一级厨师，负责厨房管理、制定食谱等。厨工吕清华、包志相、尹全生、唐飞翔，据说每人都有一套绝活。

大厨说，一级厨师会做豆腐和豆芽的不多，他是少数几个之一。做的豆腐被大家称为"雪龙豆腐"。

队员一般分 3 个餐厅就餐。新区二层餐厅可供 50 多人就餐，老区二层小餐厅可供 25 人就餐，老区一层大餐厅可供 40 多人就餐。

每餐三菜一汤，主食为米饭，间或有馒头。菜实行计量分配制，由值日队员管理。

北极队在考察期间，船上有多种沟通信息的手段。一种是听收音机。这是不花钱就能了解国内信息的方法，所以每个舱里都有一个天线伸到舷窗外。

国内每次发生大事时，大家都特别注意听收音机。但是，由于收音机用的是短波信号，受电离层的影响特别大，声音时而清晰，时而"一锅粥"。所以，大多数队员不选用这种方法。

第二种方法是用短波电台。海洋局的夏立民他们自己带了个短波收发设备，费了半天劲把庞杂的天线系统架起来，和收音机一样，经常听不清楚。

而且，这个短波电台只能和北京六里桥的武警某部门通话，请人家再打电话转告一下家人。试了两次，他们又把天线拆了。

第三种方法是打卫星电话。卫星电话分几种：一种是铱星电话，像个手提电话一样，略大一些，拿到甲板上就能打，传输信号的是几十个低轨卫星。

另一种是高轨卫星电话，传送信号靠赤道上空的4颗卫星。打这种电话，要到甲板上仔细寻对天线的方向和仰角。通话过程中一旦船转向就会断线，断线还得从头再来。

另外，遇到天气不好的时候，比如，甲板上下雨，风呼呼地吹，打这种电话可谓吃尽苦头，而且还听不清楚。

还有一种方法是接发电子邮件。对于考察队员们来说，这种方法最方便，只要到公用机房，把邮件发到船上的服务器中，再通过邮电公网，对方就能收到。

考察船的邮件系统发信一天4次。一到发信的时段，记者们就特别紧张地赶稿子，唯恐赶不上"班车"。

由于这个网络系统有很多缺陷，常常搅得记者们寝食难安。每次发完信，大家都不放心地跑到报务服务器所在地，查问稿件到底发出去没有。渐渐地，大家对它彻底失去了信心。

而且，负责管理报务服务器的邹斌还有科考任务，显然已招架不住。为此，政委专门与他进行了一个多小时的谈话，然后决定另派4名科考队员轮流值班，以"伺候"这个邮件系统。

另外，"雪龙"号考察船还为考察队员们预备了一个级别很高的"海上医院"。"海上医院"除了一大间诊疗室，还有专门存放药品的房间和一间很大的手术室。

手术室里有万能手术台、无影灯、氧气瓶、电动吸引器、人工呼吸机、麻醉机及多种手术器械等。

副政委兼船医裴福余给大家说："虽然这些设备至今还没有进行过手术，但这套'家伙'一直处在待命状态，能进行外科的各种手术及各类创伤的救治手术。"

船上还备有急救药品、常用药品和少量的特殊药品。开船以来，已有近10人来看过病了，大多数是感冒。

当时，这所医院最大的问题是人手太少。唯一的医生裴福余只好把自己锻炼成多面手。

裴福余，1979 年毕业于上海第二军医大学海军医学系，一直在船上工作，经验丰富。在船上，他处理过心脏病、骨折、砸伤，以及尿路结石、胃痛等病。他还在船上做过阑尾切除手术，当时条件很差，没有手术室，就在长条桌上进行，连麻醉师、助手都没有。

裴福余还说，船在海区作业，医疗救护没有外援，加上医疗设备有限，医务人员少，因此与陆地上要求不同。一方面要求队员有病要及时找船医诊治，另一方面船医要尽快、尽量早做出诊断，及时治疗，防止漏诊、误诊，造成不良后果。

不过，令队员们安心的是，船上还有一套远程会诊系统，这套设备是两年前公立医院捐赠的。这套设备电脑、激光打印机、扫描仪、摄像头等设施齐备。

远程会诊系统可以在任何时间、任何海区，通过卫星线路与上海公立医院远程会诊中心连通，疑难病症可通过远程会诊得到及时的咨询和帮助。

完成白令海综合考察任务

7 月 29 日，金明明、张武昌和李亮他们正从 3800 米的海底把沉积物捕获器向上拉，已经快上来时，绞车忽然不动了。

这个项目是为了研究碳通量的。这与全球变暖的热门课题有直接关系，也是中国考察队在这个海区第一次进行这项研究。

又过了半小时，绞车修好了，两分钟后，两个采集器就被拉了上来。采集器是一个约 20 厘米粗、0.5 米长的塑料桶子，上面有网眼式的盖子，以免拉上来时采集样被海水搅动。

8 月 1 日，白令海综合考察终于结束，队员们见面都高兴得互相问候。

白令海海洋资源考察从 7 月 19 日到 31 日，历时 12 天，考察站位覆盖了白令海全部近 24 万平方公里的公海海域。

这次考察，科考队在每个作业站位上进行了物理海洋的探测、浮游生物的垂直拖网和分层拖网取样、海洋化学取样，以及海洋地质取样、渔业资源拖网、海洋同位素取样、大气和海洋二氧化碳取样等多学科、多项目的综合考察。

这些考察的圆满完成丰富了我国对白令海资源状况的了解，取得了大批宝贵的海洋数据，是有史以来，我国首次在该海区进行的综合型海洋考察。

这次考察的另一个目标，是研究北冰洋与太平洋的水交换问题。这对于研究全球气候变化和对中国气候的影响都将提供重要依据。

白令海海洋考察的主要工作是物理海洋学考察，化学海洋学和生物地球化学考察，海洋生物学、渔业资源变化特征考察，海洋地质、底栖生物考察。

在此次考察过程中，遇到两次低气压过境，在7级风的海况下，大洋组及时采取现场安全措施，坚持考察作业。

这些安全措施保证了预定数据的获取及人员与仪器的安全，完成了全部考察项目，达到了预期考察目标。

四、 冰区作业

● 冰工作业组和大气组的队员编了个顺口溜，很形象地说明了问题："海军"艰苦奋战，"陆军"摩拳擦掌，"空军"时不时出来看一看。

● 他们又试着慢慢将仪器强行上升，将冰块间的缝隙撑大，最后抓住战机，突然向上提升。仪器破冰而出，甲板上一片欢腾。

● 《中国青年报》的张岳庚在寒风中睡着了，大家拍下他的睡相，回来后放大了看，感觉像一只困乏的海象。

随船记者勇斗严寒

8月1日晚上，大餐厅里格外热闹，这次不是聚餐，也不是联欢，而是冰站作业的队员在讨论计划。

餐桌上铺着一张北极地图，国家海洋局二所的赵进平、极地所的康建成、兰州冰川所的孙俊英和日本极地所的东久美子，围着地图比比画画，用英语商讨可能的方案。

全队的方案已经定下，但东久美子还想和康建成他们一起，多为自己争取一点机会。

按照出发前制订的计划，考察队先完成冰站作业，然后上加拿大图克港。

但考察队临时调整计划，提前考察了白令海，将冰站作业放到停靠图克港之后，因此，东久美子按调整后的计划，订好了8月14日回日本的机票。

另一边，国家海洋局极地办的秦为稼和预报中心的解思梅、中科院大气所的曲绍厚围在一起商量计划。过两天，他们将要进行冰间湖的小艇观察，上多少人、带多少器材等，这些细节都一一写在纸上，正逐一落实到个人。

到当天为止，考察队出海已整整一个月了。前两个阶段的楚科奇海和白令海考察一直是大洋组在作业，为此，冰工作业组和大气组的队员等得有点不耐烦了。

于是，冰工作业组和大气组的队员编了个顺口溜，很形象地说明了问题：

> "海军"艰苦奋战，"陆军"摩拳擦掌，"空军"时不时出来看一看。

"海军"是指大洋组，"陆军"是指冰工作业组，"空军"是指大气项目组和直升机保障组。当时，"陆军"和"空军"终于盼到了上阵的时刻。

8月2日13时，考察船重新返回了北极圈。当天早上，进入北极圈之前，考察船就遇到了大片的浮冰，令考察队大吃一惊。

走了5海里之后，冰不见了。一直往北走，还没见到冰。大家松了一口气，估计可能是漂过来的"散冰游勇"。

当天下午，考察队召开了全体会议，相关领导讲了乘直升机的注意事项。第二天将到达作业点，每天都安排了飞行作业。

会上，队长陈立奇宣布：

> 秦为稼负责科考人员的登机安排，吴金友负责记者的随机采访，船长负责如探路等的船上用机。

队长陈立奇还强调：所有想坐飞机的，都必须先到上述3人处登记"买票"。"空军司令"胡传功负责"安检"，没"买票"以及不穿救生衣等行为都将被拒绝登机。

8月3日，"雪龙"号科学考察船，重新进入浮冰区。天气多云有雾，气温在2度左右。

14时左右，"雪龙"号将长30多米的长城艇放下水，小艇载着10多名科学家到离船10公里处，进行第一次海、冰、气相互作用的综合考察。

之所以远离大船，是为了尽量避开非自然因素的干扰。这是中国北极科学考察队第一次正式进行海、冰、气综合考察。

当天，长城艇进入了北冰洋的"腹地"。《北京青年报》记者袁力是随艇采访的唯一女记者。

袁力是临时加入上艇记者名单的。记者团队倒没意见，但科学家们有意见。科学家们对调度老吴说："明明说好了只准4个记者上艇，为什么又多上了一个？"搞得老吴两头受气。

临上船时，老吴突然对袁力说："科学家们都不同意你去，你一个女的，占了驾驶室人家也不好意思说。你还是别去了！"

听到这里，袁力的眼泪差点都出来了，她打着哭腔说："我已写了稿传回报社了，一个整版的《焦点》，就等今天这一段！求求您了，您把我当成一个'包袱'扔在船上行吗？我保证不会进驾驶台！"

这次"深入腹地"，科学家们会连续 10 个小时在小艇上观测。他们担心，不知道会冷成什么样子，所以谁的心里都没底。

船上保暖的衣物严重不足，弄得人心惶惶。本来，出发前通知大家不用自带御寒衣物，科考队将统一发放羽绒服。

而实际上，到了船上一件羽绒都没有发。最厚的一件名为防寒服上衣的，是一个羽绒面料带一个布里罢了。一些有经验的老队员自己带了羽绒服。

小艇驾驶台有暖气，科学家们冷了可以进去暖和暖和，如果袁力之类的记者们都占了地方，就不好办了，因此他们极力反对记者上艇。

队长陈立奇有点看不下去，替袁力求情说："老吴，已经定了的事情就不要临时改变了。"

四川电视台两位不下艇的记者，分别借给了袁力一件羽绒服和一条棉裤。于是，袁力戴上帽子和口罩上了船。

到了船上，袁力才知道准备得仍不够充分，首先是棉靴的底子还不够厚，不到半小时，脚尖便出现痛感，接着是脚指不听使唤。紧接着是手套太薄，一段时间后，手对焦距拍照都很困难。

开始的时候，她还很有信心"追求完美"，后来只能追求个"大概齐"。以至于回到"雪龙"号后，同行揶揄她说："你的这组照片，给近视眼看恐怕都很难过关。"

船员们看到袁力冷得直打摆子，于是给她套上了一件保温救生衣。后来，袁力回船后对同行们说："这样，虽然样子有些像唐老鸭，并被同船队员当了好一会儿道具，但它确实救了我。"

即使这样，袁力还是被冻透了，里里外外都到了"零下"，所以根本就不想动了。

可待时间长了就犯困，于是，船员们千叮咛万嘱咐她不要打瞌睡，但她还是靠着栏杆睡着了，醒来后满脸雾气。

科技人员轮流在驾驶室里取暖，袁力始终坚守自己的诺言，没进驾驶室取暖。

到了第五个小时，气象博士解思梅闷好了一锅方便面，给袁力送来了一碗。后来，袁力回船后，对同行们说："这是有生以来最香的一顿饭，从口暖到心，然后拓展到四肢、五脏直到指尖都得到了享受。"

袁力吃方便面的感受，让同行们眼圈发热。

而她回来后写出的第一句竟然是："今天，我终于摸到了北冰洋的'雪'，它比我想象得要'暖'。"

把对科学的热爱，说到这份儿上，人们只有感动了。

在大冰面上展开作业

在极地考察，真正应验了那句话：计划赶不上变化。8 月 4 日，考察队继续向北行驶，晚些时候将到达北纬 73.5 度附近。

本来计划当天继续放小艇作业，然后直升机分 4 个架次接送 6 个小组到 4 个点上去，进行冰上采样和数据采集工作。

午饭后，大型"直 9"飞机第一次拉出机库，先进行了北冰洋上的第一次试飞，并练习在船上起降。之后，队长、船长等一行数人登上飞机，进行了一个半小时的冰情侦察。

"雪龙"号停泊的位置，浮冰占据 6 成左右的水面。飞机一直向北飞了一个纬度，发现冰虽然密度加大，冰块面积也变大，但仍看不到连续固定的冰面。

随后，飞机选择了一个冰块落了下来，发现上面有厚厚的积雪。融化的冰面形成一个个方圆 10 多平方米的融池。冰很坚固，飞机落上去纹丝不动。极地所孙波等人用汽油钻在冰上打了一个 1.9 米深的洞，也没有到底。

返回的途中，探路队选好了两个大冰块作考察点。从 200 米高空望下去，这两个大冰块一个有足球场那么大，另一个比它大 3 倍。

直升机回到"雪龙"号后，考察船前往冰块方向，计划航行3个小时左右，但只走了一半就不动了。大家一打听，才知道是在修船。

时间不等人，于是，队长陈立奇决定，再把直升机从库中拉出来，先把人送到冰面。

晚饭后，10多名科技人员和保障人员以及物资被分成4批，乘直升机到达距离"雪龙"号20多海里的大面积浮冰上，他们将在那里连续工作24小时。

浮冰工作面上的物资准备得很充分：食物、帐篷、睡袋、发电机、各种测量仪器。

"雪龙"号船修好后继续前行，计划到达作业的大浮冰附近。冰上作业正式展开后，面临的最大问题之一是防寒衣物不足。

船上准备了10多件厚厚的连体防寒服，保暖效果不错，但随着作业的全面展开，只能满足少部分人的需要。

也许正是这个原因，考察队基本不考虑给记者随队员上冰采访的机会。北极考察进入激动人心的阶段，记者反而只能待在船上没事干。

科考已开展得如火如荼，五六个冰上项目同时展开。当时随船来了13家新闻单位的记者，12家在船上东游西蹿，见人就打听：冰上怎么样了？恨不得能长个千里眼、顺风耳。

中央电视台的记者扛着摄像机，乘第一班直升机去了。科考景象从头到尾，尽收镜中。

飞机上本来还有空位，记者们和管"机票"的吴金友商量能不能跟上一两个代表。吴金友说："不行，得省点油。"

8月5日，直升机已经把10多名队员送上了冰面。记者们在船上可以看见升起的红色系留飞艇以及蓝色的帐篷。这也是考察队第一次上冰作业。

实际上，大家都想下去看看。一来一个多月总在船上待着，从心里有离开一下的愿望；二来冰上队员忙得热火朝天，记者们不下去看看怎么写稿？

最后，所有记者都要求下船，秦为稼有点为难，这么多人下去，出了问题怎么办？

于是，秦为稼请示队长陈立奇，陈立奇问："经过吴金友同意了没有？"记者们一起说："到处找不着他。"陈队长同意大家下船，并安排专人统计下船的确切人数。

夜里2时，水手长指挥开动大吊车，把记者任建明一行4个人一组，连同仪器从甲板放到浮冰上。

这是一块很大的浮冰，据估计有4个足球场那么大。但实际上中间有很多裂缝，宽有半米左右。转运艇靠在离冰不到两米的地方停下。

张瑞刚还要提上他的宝贝绝对重力仪上冰去测重力。一位记者找到张瑞刚说："我帮你拎仪器吧？"他面带难色说："哎哟，已经有10个人报名要帮我拎东西了。"

他们4个人负责运送一些物资，包括一桶大约20升的汽油，一箱电缆，还有几件仪器。

这些东西放到一个雪橇上。任建明和前来接应的国家气象局卞林根研究员在前面用绳子拉，还有两个队员在后面照应。沿途有两次雪橇翻车，到达营地时，记者们已累得满头大汗。

接着，张瑞刚和他的合作伙伴鄂栋臣教授趴在雪地上鼓捣重力仪，左转转右敲敲，就是没有数字显示，急得他俩满头大汗。

后来，他们终于测得了重力数值，并把战果的"副产品"告诉记者们："这块大冰在顺流漂动，速度大约为每秒钟 5 厘米。"

与此同时，卞林根研究员在测量冰面对太阳辐射的反射强度，初步测定，太阳照射下来的热量，60% 被冰面反射到空中。

小组在冰面工作 24 小时，每 6 个小时放一个探空气球，观测一个变化过程的大气参数。

参数显示，这个地方的大气平流层比白令海的要高，气球在白令海升到 9000 米高空到平流层，在这儿得升到 1.1 万米。

另外，他们还发现这儿空中的气温非常高。300 米上空的温度最高达 17 度，而大家所在的冰面气温为零度左右。

可以判断，暖气流占据了这个地区的上空，而冰面寒冷则是海冰融化大量吸热所造成。这点，也是刚才滴雨点而不是下雪的原因。

孙波和孟广林已经在包装他们采好的冰样。他们用汽油钻在冰上打洞取冰。沿途，记者们看到不少冰洞，看来他们的工作成效不低。

　　孙波他们只打了两个洞，深都在 4 米左右，还没打透这块冰。因为冰在融化，这给取样造成了巨大困难。

　　不过，他们已经取得的样品还比较理想。随后，记者们看到的洞是冰雪融化的结果，每个小洞是由冰面一块深色的物质，如泥土之类吸收太阳热量而形成的。

　　这些探洞进一步的变化，就是变成一个小漏，进而变成一个小湖，这是北极的典型现象。在"雪龙"号的左前方，有的记者拍摄它在浮冰里的雄姿。

　　当时，突然听到船头广播传来二副王建忠的声音："任建民、聂晓阳，你们已经到了浮冰的边缘，赶快退回去！"

　　原来，船上专门有人守望。他们在冰上觉得离冰边还很远，但在高处看来已很近了。

　　夏立民是最先乘直升机到达冰面的队员之一，他的主要任务之一是放哨，背着一支全自动步枪，两个弹匣分别压满了 30 发子弹。不过，只有人说看见了北极熊的粪便。

　　不久，记者和部分队员开始返回船上，任建明帮孟广林拉一个盛满冰样的大箱子，在过一个冰缝时，箱子卡了一下，一下子把任建明摔了个四脚朝天。

　　好在冰上有雪，他穿的衣服也厚，什么事也没有。

夏立民在雪上拉着一个大箱子，边走边念叨："我要洗热水澡，我要喝咖啡，我要吃面条!"

5时许，太阳暖洋洋地、斜斜地升起来，从云缝里投出一片霞光，天边形成一道道波式的云。

记者们虽然在冰上只活动了3个小时，不觉也是身乏脚软、饥肠辘辘了。

冰缝里采集深水样品

8月5日下午，连续24小时的大兵团集中作战结束了。中国首次北极科学考察队在一块冰盘附近完成了从上到下的立体交叉式考察。

这是考察队到达北冰洋以来，进行的首次边缘海、冰、气的联合观测作业。

这次立体作业，大气方面集中了全国最强的力量，包括中科院大气所、国家气象局和国家海洋气象预报中心的科技人员。

8月7日深夜，大洋组接到执行"考察P断面"的任务。已经休息了两昼夜的大洋组考察队员马上振作起来，各项工作全面展开。

那一夜，队员们没有合眼。4个站的数据和样品已经收入他们的囊中。P5站是2700米的深水站。赵进平简短地告诉大家，这站可能是他们在北冰洋做得最深的测站，请各专业考虑作业项目。

此外，他还告诉大家：船外冰情严重，大家要注意人员和仪器的安全，不好做的项目可以不做。随后，队员们报给赵进平的项目非常令人感动，各学科都拿出了自己的看家本领。

所有能上的项目全部报上来，连以前从未动用的同位素吸附器也都拿出来使用，使 P5 站成为本次考察项目最多的测站。

由于站点水位很深，各甲板不能同时作业。第一波作业由右舷发起。观测预计要两个半小时，而冰情很难预料，经过对舷外冰块的分析，等到无冰已不可能。

于是，大洋组组长矫玉田决定，马上施放设备。随后，昂贵的温盐深探测仪徐徐进入冰海。漂来漂去的浮冰忽而将钢丝绳拖出很远，忽而将钢丝绳紧紧压在船壁，所以，这两个半小时最让人操心。

两个半小时，总算熬过去了。当仪器即将浮出水面时，两块大冰却将海面紧紧封闭。于是，队员们开始与冰块斗智斗勇。他们一会儿将桁车拉进拉出，一会儿使劲摇钢丝绳，使压在一起的两块冰有所松动。

后来，他们又试着慢慢将仪器强行上升，将冰块间的缝隙撑大，最后抓住战机，突然向上提升，仪器破冰而出，甲板上一片欢腾。升上来的仪器上还卡着一片 10 公斤重的晶莹冰片。

右舷仪器上来之后，第二项作业在后甲板开始。地质组的 5 名队员仗着钢缆粗、仪器重，开始大胆作业。岂料，海冰不吃这一套，照旧把后甲板下面的水面封得结结实实，不给仪器留任何"可乘之机"。

这可难坏了地质组的队员们，他们只有耐心等待，好在考察船停站时间长，有足够的时间可用。当时，6 级的寒风呼呼直叫，气温也在零下。因而，考察队员们与冰的对峙，比的是毅力，是顽强。

后来，海冰"自觉地"挪开了，露出一个小缝。地质组的柱状采样器见机"溜下"海底。在接下来的两个小时的漫长作业中，巨大的冰块不时磨蹭钢丝绳，搞得人心一阵阵紧张。

两个小时熬过去了。这次作业，考察队员们采上一支 4 米长的柱状样品。当柱状采样器露出冰面的一瞬间，队员们那种兴奋、那种激动，溢于言表。

紧接着，队员们简单地吃了点东西，又开始放庞大的多管采样器。这之后，没有人知道他们是什么时候回来的，没有人知道他们是怎么干的，只知道他们的战果是采到了满满 8 管地质样品！

左舷的队员们雄心更大，他们把 P5 站当成连续站来做。每 6 小时重复作业一次，每次拖 3 种网，拖到 500 米水深。

在冰海做连续站是"危险和艰苦"的代名词。这些项目仅钢丝绳上下就要 4 小时，24 小时的不间断作业，中间没有时间休息。

海中流冰浩荡，网具与人员要冒很大的风险，但大家决心已下。下午，海洋局三所林景宏的 500 米拖网第一个遇险了，拖网卡在冰中收不回来。

于是，甲板上，组长矫玉田亲自指挥收网。考察船船长亲自指挥轮船动车与大洋组配合，反复前进后退。

就在船、网、冰块周旋的过程中，露出了一小块水面，队员们迅速抓住几秒钟的空当，将网具提升出水面。

数秒钟后，大冰块又将海面牢牢封死。看到这里，大家吓得直吐舌头。好险哪！网中竟然还拖上了 40 公斤重的海冰。

次日 6 时，海洋所李超伦与张武昌的拖网又被海冰卡住了，无论大家如何与冰块"斗智"，也无济于事。

因为，这次冰块太大，绞车根本带不动，大家憋得直叫。于是，队员们只好继续放钢丝绳，让海冰带着钢丝绳越漂越远。

就这样忽放忽收，直到放出 160 米钢丝绳，海冰在远远漂过船尾后，一个旋转，突然放开了钢丝绳。

说时迟，那时快，队员们瞅准机会，迅速地将网收了上来。事后，李超伦博士高兴地告诉记者们，他们 P5 站拖到了纯大洋种的浮游动物，与北冰洋其他测站的群落结构完全不一样。

当记者们问起：如果拖网真的被卡断有多大损失时，队员们都说，网具损失多少都不可惜，可惜的是那些从 500 米深海拖来的样品。因为，这些北冰洋的深水数据实在太难得了。

队长亲自侦察冰情

"直升机马上起飞，请有关人员到后甲板集合！"记者们听见这广播，赶紧跑到停机甲板。大家知道，这是到加拿大之前的最后一个作业冰站了。

从8月8日早上起，考察船就停在这儿。风很大，雾也很大，小艇放不了，飞机也飞不了，大家都在等着。晚饭后，天放晴了，阳光普照冰面。

这是一次冰情侦察，出发的有队长陈立奇和他的几个助理。任建明拎着相机对陈立奇说："我想求你一件事……"

话没说完，陈立奇已经明白任建明的意思，他对任建明说："你甭求我什么事了。想拍照片跟我上去吧！不过你得跟吴金友说好喽。"

任建明一听，高兴得差点跳起来，他盼望已久的机会终于到手了！于是，他跑步去找吴金友。有人说，吴金友已到了后甲板。

任建明拎着救生衣，马上又跑到后甲板找到了吴金友。可吴金友说，跟随的记者已定好了四川电视台。

顿时，任建明沮丧极了。又过了两分钟，机组的徐勤和、齐焕清说可以多挤一个人，"空军司令"胡传功对吴金友说，那就让任建明上吧。

就这样，任建明跟着探路队出发了。直升机两排座，共8个座位都坐满了。任建明只能挤在两排之间蹲着。大家向下看，"雪龙"号停船在冰区边缘，外边是开阔的水面，里面是密密麻麻的浮冰。

浮冰的形态多种多样。浮冰之间有冰间水道。冰间湖、浮冰表面有冰脊、融池，感觉如同从飞机上看江南水乡差不多，如阡陌交错，如良田万顷。

飞机向北飞了约半个小时，一路上冰都很薄的样子，仿佛用一根手指轻轻一戳，就会支离破碎。记者们都担心如果飞机找不着一块可以降落的冰，队员就没法上冰作业，他们就无法拍到作业场面。

随行的俄罗斯领航员伏拉基米尔手握 GPS 定位仪，不停地在纸上写写画画。飞机开始降低高度，可以看出下面的薄冰原来是一块很大的冰。冰间湖很多，所以造成冰很碎的感觉。

秦为稼问领航员说："是多年海冰吗？"

伏拉基米尔很肯定地点点头："是多年海冰！"

飞机转了半圈，看准一个较平的地方落下去，触冰后马上升起，移了一下，才落地。副驾驶齐焕清先跳下飞机，走了几步，确认没有问题，飞机才把舱门打开。

紧接着，康建成马上找到一块雪地，用手钻取冰样。钻到1.4米深时，有融水渗出，表明冰中间有部分融化。

这块冰上有3厘米厚的雪，康建成马上打开密封塑料袋，取出一只洁白的手套，把已断成四截的冰样小心翼翼地装进样品袋，再放到一只箱子里。

孙波则用汽油钻测厚度，碎冰碴被带出来，飞出老远。钻了两米，没有到底。

这时候，记者们有时间看一眼周围的景色。雪，干净极了，比以前见过的颗粒粗得多，也硬得多。雪层上分布着几米到 10 多米宽窄不等的融池，其中的水呈淡绿色。

雪的表面有如轻风理过的细沙，线条柔和细腻。快到 20 时，极地的太阳亮亮地、斜斜地照过来，每个人的影子都被拉得很长。

不久，飞机往回飞，远远看见"雪龙"号船，如小指甲大小。这时，考察队又发现了一块较大的浮冰，飞机又落了下去。

康建成拿冰刀挖了挖，表面的雪有 7 厘米深。他打定主意要带他的小组到这儿取样。

飞机只停了 10 分钟就又起飞了。这儿离"雪龙"号有 6 海里。在准备降落时，又有了意外收获：在距"雪龙"号只有 1.5 海里的地方，有一块面积不大但很厚的浮冰。

飞机在上面盘旋了一圈，冰上融池也不多，适合联合冰站作业。当即决定，把船开过来，靠到浮冰边缘。

这次探路，考察队找到了两个"作战"目标。记者们也是满载而归。

冒严寒联合大考察

8月10日9时30分左右，考察船的广播说："全体上艇人员准备，10时准时放艇。"

小艇名叫长城艇，"雪龙"号每次为南极考察站运送油的补给，都是用这个小艇作为"登陆舰"。

艇长约25米、宽6米，载重25吨，平时藏在"雪龙"号的"肚子"里，要用的时候，先打开大舱盖，用两台大吊车把它吊到甲板上，再从甲板上吊到海里去。

当天的天气非常糟糕，阴沉沉的，风呼呼地刮，船上风速达到每秒10米。但时不我待，再不放艇作业，考察队到加拿大之前就没有机会了。

记者们赶紧爬起来，到处借衣服。一个考察队员拿出了暂时放在他那儿的一套公用羽绒服，借给了任建明。

在这件又肥又大的考察服里面，任建明又穿上了所有能套进去的衣服。

《解放军报》的于春光没借到考察服，一身"便装"就要上阵。一位考察队员有点不忍心，临上船前把考察服塞给了他。

出发的时候，3位"头儿"分别叮嘱记者们三段话。解思梅对大家发表"动员令"说："晴空丽日体现不出我们科考队员的精神，必须迎着困难上，这是考验意志的时候。"

吴金友接着把记者叫到一起说："你们记者尽可能不要进驾驶台，不要给科技人员带来不便。"

下小艇时，秦为稼对他们说："你们千万不要冒傻气，该进驾驶台避风就进去一会儿，不要硬抗着，实在抗不住，跟我说一声，我让你们回来。"

三段话各有背景。解思梅是小艇观测的倡议者，但一开始就遭到很多反对，许多人认为小艇不安全。到了北极之后，大家实地看了小艇，感觉小艇还不小，就愿意上艇做试验。

当天放艇，不少科学家觉得没有太阳、风太大，恐怕没有效果，但解思梅觉得再不做就没有时间了。前几天第一次放艇时，科技人员原本只同意4个记者上艇，结果有5个记者要上艇，遭到强烈反对。

他们担心人太多会影响工作。最关键的是，记者们都没有在冰海小艇上待过，不知道这么长时间会冷成什么样。如果记者都躲到唯一的"避风港"即驾驶台中，他们到哪儿休息呢？

负责协调新闻记者的吴金友十分为难，他一方面想为每一个记者都创造一次上艇采访的机会，但又怕影响科考。

小艇在驶离"雪龙"号几百米的地方停住了，透过浓雾，可以看见大船影影绰绰。科技人员开始架设便携辐射仪，这是一个铝合金架子，伸出船外两三米的地方绑了个陀螺，从而使辐射仪在船体晃动情况下始终能保持水平状态。

小艇靠在浮冰边缘，辐射仪上有一个镜头测太阳光的强度，另一个镜头测反射光强度，两者相减，就可以测得海冰对太阳辐射的反射率。

解思梅说，除了保持水平之外，要准确测量反射率，还要求辐射仪必须距冰面两米之内。因此，这个项目必须在小艇上进行。但不幸的是，当天根本没有太阳，辐射量太小。

第二个项目，邹斌首先拿出一个橡胶气球，打开旁边的钢瓶，用高压氮气充气。

解思梅介绍说，把气球拧在电动绞车的绳子上，由于氮气密度低于空气，球就会往上升。在球的下端拴着一个探测仪，随着高度增加，每10米向大船上的接收器发送一次温度、压力和风速的数据。

小艇刚停时，解思梅他们测了一下，风速为每秒6.2米，比大船上测得低。但风在不断增大，放球时再测，已达到每秒7.8米。

气球是中科院大气所邹捍提供的，他通过对讲机遥控指挥。他要求把球充到100个大气压，但只充至40个气压时，风就已经把球吹得快拉不住了。解思梅他们不得不先放放看。

随着缆绳放长，球不是一点一点往上升，而是与海平面形成不到10度的夹角，被风径直吹向左边。

是不是压力不够？绞车回转，把球艰难地收了回来，再充气。记者们都放下了手中的相机，帮着一块儿托着球，以免球被风吹到艇的栏杆上，碰破了。

等到终于充到 100 个气压，解思梅他们重新把球放出去。结果是没有任何改观，绳放得越长，气球沿海平面飞得越远。球总的趋势是向上走，差不多升到了六七十米。

正在这时，对讲机里，邹捍问："怎么没有信号了？"

于是，解思梅他们赶紧把绳子往回收。风太大，绞车的电动机带不动，走走停停。四五个人像拔河一样往回拽绳子，一边拽一边喊着号子。气球离船还有几十米的时候，大家可以看见球下面的探测仪已经不见了。

再往回拉几下，手突然轻了，气球顺风直上，飞了，绳子头上，只剩气球的嘴。大风硬是把球拉断了。据邹捍说，充一个球的气是 700 元，球 300 元，探测仪 2000多元。在极地这样恶劣的环境下，想测得一点数据，真是不容易。

这次放小艇可谓占尽地利，可是不得天时。从大里说，没有太阳，风太大，两个重要的项目没法开展。往小处看，记者们拍出的照片光线不好，也没有像第一次那样看见两群海象。

任建明这次下艇，用解思梅的话说，是请来的。因为她除了记录数据外，还要留下周围冰情照片以供参考。

任建明带的数码相机好，很荣幸地被她选中担当重

冰区作业

任。因此，他除了拍新闻照片外，还要拍周围的冰情。

中央电视台两位记者原计划第三次再上艇，这次临时改变。再加上计划中的 5 个人，结果共有 8 位记者上艇。

从 12 时 5 分下艇，紧跟着科技人员忙活，不知不觉两个多小时过去了。解思梅提议，吃完午饭再干。科技人员和船员在驾驶台里用餐，8 个记者都留在了露天的甲板上。大家围着一只电饭锅，准备煮速冻饺子吃。

坐了一会儿，记者们觉得前心贴到了后背，脊梁直冒冷气。七八级的风一刻不停地刮，带走了他们身体中的热量，也带走了电饭锅的部分热量。

第一锅水煮了大约 40 分钟才开，再扔两袋饺子进去。李文祺撕包装用力太大，把饺子弄掉在甲板上，他抓起来又扔进了锅里，大家谁也没有觉得不妥。

又过了很长时间，饺子熟了，记者们用一次性的水杯，每人分了三四个饺子和半杯汤。

就这样，记者们一直在寒风中坚持了近 7 个小时，他们谁也没进驾驶台休息。《中国青年报》的张岳庚在寒风中睡着了，大家拍下他的睡相，回来后放大了看，感觉像一只困乏的海象。

五、 短暂休整

● 东久美子是船上 4 名外国队员中最活跃的一个。她与中国队员们一起工作、一起欢笑，赢得了大家的认同，特别是与海冰组的孙俊英、康建成、孙波等人合作得非常愉快。

● 加方官员还决定：6 名官员中 5 名当天离船，留下一位警官驻扎在"雪龙"号上。他的理由是监视"雪龙"号上的武器弹药库，避免流失到岸上。

● 船长告诉他们说："全船的弟兄们都在关心着你们，为你们担心，都盼望着你们早点平安归来！而且有很多人在驾驶台等候你们。"

考察队暂泊图克港

8月12日，"雪龙"号到达加拿大，停靠在离图克港20海里以外的地方。从寒冷的北冰洋出来，大家又感受到了陆地温暖的气息。

按计划，"雪龙"号第二天早上将派直升机按加拿大移民局的要求为队员办理上岸手续。在这儿停靠的3天里，队员们只能分批上岸，每人只能在岸上待一天时间。

据吴金友说，船上共有3条小艇，只有两条能开，为了安全，一条使用，一条备航。小艇到岸边单程需要2.5个小时。只能分两批送队员上岸，第二天一批，第三天一批，上岸队员只能待10多个小时，晚上必须返回。

两个月的海上生活，能上岸10多个小时就已令大家觉得非常珍贵。从停靠图克港起，大家就开始盘算上岸计划，有人要打电话，有人想上网传稿件，有人想寄图片，还有人想在岸上买点纪念品。

晚餐时，陈立奇队长宣布了两名考察队员离队的消息，令大家依依不舍。要离开的两名队员，是日本极地所的副研究员东久美子和国家海洋局第二研究所副所长赵进平研究员。

在过去的一个多月中，东久美子是船上4名外国队员中最活跃的一个。她与中国队员们一起工作、一起欢笑，赢得了大家的认同，特别是与海冰组的孙俊英、康建成、孙波等人合作非常愉快。

由于我国考察队临时更改计划，她预订了14日从加拿大飞回日本的机票。在前几天的考察中，队里尽最大努力，为她和海冰组创造了尽可能多的采样机会。

由于一个海洋方面的重大课题需要论证，研究员赵进平作为主要起草人之一，必须在17日之前赶回去。赵进平以他的学识与人品，赢得了大家的尊重。

他们将于第二天离开"雪龙"号。不少队员感觉，他提前离开非常遗憾。

来自香港公开大学的队员何建宗将在图克港上船，参加下一阶段的考察。

晚餐加了酒和饮料，厨房特别为他们做了松花蛋等几个凉菜。大家为他们举杯道别，表示希望能在以后的工作中继续合作。

8月13日，"雪龙"号漂泊在加拿大的图克港外，由于海面大雾紧锁，所有队员都没法上岸。图克港全称为图克托亚图克，是加拿大北部临近北冰洋的小村子，也是爱斯基摩人的聚居点。

据当地海关官员说，全镇只有几百名居民。说是港，其实长期没船进出，一年有八九个月的冰冻期。

"雪龙"号一直密切关注这里的冰情，半个月前这里的冰还没解冻。船长曾担心船进来后被冰住，回不去了。当时冰化开了，但由于没有航道，"雪龙"号只能停在离岸约 25 海里的地方。

"雪龙"号的本意是要在这儿进港靠岸，但由于这是个特别平缓的海滩，停船的地方水深只有 11 米，而两万多吨的"雪龙"号吃水近 8 米，再往前开，就有触礁的危险。

"雪龙"号上的长城艇最高时速只有 8 海里，上岸单程就要接近 3 个小时，担心坐小艇队员太辛苦，队里决定用直升机分批送队员上岸。

按照宣布的计划，今明两天直升机共飞 21 个架次。每个架次往返大约需要 40 分钟。

考察船停泊在图克港附近后，大家经常可以看见远处水面上露出的一个个黑黑的小脑袋，在望远镜里看起来像一只只小狗似的。

这些小东西好像很怕人，始终与船保持 100 米左右的距离。东海水产所的陈冠镇说，这就是北极的海豹。

加方上船例行检查

　　8 月 13 日早上，当地海关和移民局官员准备上船联检，并为队员办理入境手续。但由于大雾，接待飞机起飞时间一再推迟。当地官员到船时，已是当地时间 14 时。

　　6 名官员中有 4 位男士，2 位女士。他们上船后，将入境表格发给考察队员，大家各自填表。所有队员集合填表，连同护照统一交加方官员验证。

　　这时候出现了一个问题，有一名最后没有上船的考察队员的护照也一同交给了加方。加方官员一看，中方申报入境名单中没有此人，而这本护照中却签有中国上海海关的出境章，就问：你们说实话，这个人藏到什么地方去了？

　　这可是个天大的难题，他压根儿就没有上船，天知道他当时在什么地方？加方官员认为事情严重，当即请示上级，作出决定：扣留护照。

　　另外，加方官员还决定：6 名官员中 5 名当天离船，留下一位警官驻扎在"雪龙"号上。他的理由是监视"雪龙"号上的武器弹药库，避免流失到岸上。

　　刚才大家看见吴金友在秦为稼房间的沙发上铺被子，原来他把自己的单间腾出来给这位官员住。大家半开玩笑说："加方官员应该睡在弹药库中，才能万无一失。睡在老吴房间，好像就是走走过场。"

留宿船上的海关官员是名白人男子，看样子 40 多岁。天气阴沉，与他同行的其他几位官员都是防寒服加身，而这位老兄只着一件浅蓝色短袖衬衫，胸牌臂章齐全，显得神气活现。

考察队员问他："请问，您觉得冷吗?"对方回答说："不是很冷。"

后来大家才知道，两名女加拿大官员中，有一名是黄皮肤的移民局官员。开始大家都以为她是当地的因纽特人。而这位官员却是位姓"王"的华裔，她从小在中国广东生活，后来随双亲移居加拿大并取得了加拿大国籍。

经过调查，误会后来终于被澄清了。

图克港送别队友

18 时许，考察船放长城艇下水，送当地官员返回，并将离队的东久美子和赵进平送上岸。

自此，考察船还要在这里滞留几天。因为，考察队还要完成另一项重大任务，即与一个叫"全球华人北极世纪行"的旅行团会合。

在夜里，旅行团已到达图克港，正等待上船。船长袁绍宏终究放心不下，亲自下到小艇上。

一块满是油污的化纤毯子在船上铺开，袁绍宏跪在上面，展开一张海图，放上两把尺子，他比比画画一阵子，从嘴里迸出两个字：开船。

小艇先绕大船一周，以确定方位，不一会儿，就消失在浓浓的雾色中。

"长城艇，航向向右10度""长城艇，你的位置偏右"。大副汪海浪和二副王建忠一人守着一个雷达，通过无线电遥控着几乎没有自导航能力的小艇向迷雾中的港口驶去。

小艇最高时速8海里。5海里、6海里的时候，小艇首先在大副的雷达上失去；7海里、8海里的时候，小艇也从二副的视野中失去回波。

两个多小时后，小船的影子在雷达上消失了，电台也联系不上，消失在"雪龙"号的水平线以下。此时夜色降临，正飘着小雨。

艇上没有导航设备，只能用便携式 GPS 导航。这种小型 GPS 信号较弱，必须在外面才能接收到。因此，船长便跪在前甲板上，摆上海图，指挥驾驶。

外面正下着小雨，冰冷的雨水打在身上，在寒风的吹拂下，让人透着心地冷！中国队员把几名加拿大官员让进驾驶室避风雨，包括东久美子在内的其他人都在外面。

可船长一直在甲板上不时地用对讲机发布命令，指挥小艇前进。"向左""向右"，通过高频传来的船长口令，不像是在指挥小艇，而像是在指挥着大船驾驶室里的每一个人。任何的声响唯恐干扰了口令的正确执行。

后来，王建忠这样描述他们当时的感受："只有多次驾驶过小艇的人，才能真正知道小艇在这种海况下自航的危险。

"19 时、20 时，船长的口令最后淹没在时钟的滴答声中。而小艇最多才驶了 16 海里。21 时、22 时、23 时，我的嗓子已被香烟熏得冒火，大副坐下去，又站起来，反反复复。23 时 40 分，电话终于传来了他们平安的消息。胃的刺疼使我想起了只吃了几口的晚餐。"

加拿大官员也为之感动了，他们主动与中国队员说起了话。原来，这些警察并不驻在图克港，因为这实在是个蛮荒之地。他们是专程赶来检查我们中国的船只的。

因为他们从我们自己申报的清单中，知道有很多枪支，因此感到很紧张。

他们东张西望，就是不放心，担心是不是还有更多的武器。

随后，小艇上的警察还与图克港的警察所联系上了，请他们到码头等候。

经过 4 个小时的航行，小艇终于能看到微弱的警灯在闪烁。在加方人员的指引下，小艇绕过浅滩，安全靠港。

考察队接待旅行团

中国队员踏上图克港时，已是当地时间 2 时。大家举目远眺，只见几间小房子在昏暗的灯光下零星地散布着，道路在雨水的浸泡下泛起黑色的泥浆，让人无从下脚行走。

为了让大家去看看这个小村庄，船长一人留在小艇上。于是，他们一行 10 多个人便搭载警察的车，去找"全球华人北极世纪行"的队员。

由于警车后箱是全封闭的，体积又小，所有人都挤在一起，气都喘不过来。好在几分钟便到了，等警察把门打开，出来一看，才知道到了一个小旅馆。

一打听，发现并没有华人住在这里，其中有一个警察答应帮忙再找。由于外面正下着雨，征得老板同意，大家都到餐厅里坐着。这里的老板是个肚子挺大的老人，待人很热情，还为大家免费提供了咖啡。

尽管又冷又饿，大部分队员都喝自己带的饮料。时间不长，"全球华人北极世纪行"的领队糜一平来到旅馆，朱兵和黄嵘到小艇去换船长。

船长、秦为稼和糜一平商量如何安排本次行动。原准备全体队员乘小艇马上返回，但糜一平坚持两点：第一，他们刚睡下，至少要休息两个小时再走；第二，要飞机来接，不同意上小艇。饥寒交迫的中国队员只好在餐厅里坐等了4个多小时。

所幸的是，这4个小时里，天气有所好转，直升机可以飞行。于是，船长决定所有人员及参加下一阶段科考的香港队员何建宗乘小艇返回，"全球华人北极世纪行"的队员则乘直升机上船。

返回时，小艇刚驶出港口，一下摇到20多度，风浪实在太大。船长当机立断，调头靠码头。如不及时回去，小艇很有可能会翻。

最后，秦为稼和几位船员留在图克港，待海况好转后，驾小艇回船。其他人也坐飞机回到了"雪龙"号。

这个名叫"全球华人北极世纪行"的旅行团共有60名成员，上船的有24人，为首的是名叫糜一平的中年男子。

此人自称是加拿大户外运动协会的会长。此行是拉了些赞助，从温哥华一路开车6000多公里，到达因纽维克市，再坐飞机到图克港与"雪龙"号会合的。旅行团中，包括糜会长12岁的儿子，赵副会长13岁的女儿。

在"雪龙"号船2号舱盖甲板，考察队员与旅行团成员举行会合联谊会。

联谊会由中国首次北极科学考察队副队长颜其德主持，队长陈立奇、船长袁绍宏和"全球华人北极世纪行探险队"队长糜一平，分别在联谊会上讲话并互赠纪念品。

他们宣布，由赞助商出资买下他们开的汽车中的一辆，送给国家海洋局极地考察办公室。

双方还进行了北极考察交流，召开了记者招待会。11时，中国首次北极科学考察队举行了冷餐招待会，副领队陪同"全球华人北极世纪行探险队"共进午餐。

14时30分，24名队员乘直升机离船。遗憾的是，我考察队员未能亲临这个世界上最北的城镇之———图克港，参观因纽特人保留区社会文化。原定的我方出席因纽维克市招待会也不得不取消。

历经艰险返回到"雪龙"号

14日下午，雾更浓，直升机又把旅行团送回岸边。飞机返回时，徐勤和和齐焕清两位飞行员经历了一次生与死的考验。

由于能见度太低，飞机只能超低空飞行，距海面高度30米。一个人看仪表，一个人死盯着海面。而平时低飞时不用看仪表，只用目视。

第一次飞机看见"雪龙"号船时，他们想掉个头右舷进入。谁知一转圈找不着船了。他们只能在雾中一点点向前摸着找。

第二次看见"雪龙"号船，离船还不到30米。这时，他们意识到不能再犹豫，飞机来了一个紧急上拉。否则，飞机就会撞上船。

为此，海洋局极地办的彭鹏下了飞机第一句话就是："下次再也不坐直升机了！"

直升机上的心惊只是一瞬间，而从图克港返回的小艇上的人，则经历了一场煎熬。

小船要从图克港出去，必须经过一个小口子，宽只有10多米。测深仪上显示，此处航道最深不到两米，稍不注意，便有搁浅的危险。幸亏有个友好的因纽特人开着摩托艇在前面为他们引路。

一出小口子，小艇便摇晃起来。5个人便各司其职，秦为稼为总指挥，负责协调和保障。三副朱兵负责小艇的航向及小艇的定位，夏云宝负责操舵，黄嵘负责主机的正常运转，王硕仁在外面负责GPS观测，及时报告小艇的航向及经纬度。

在涌浪的作用下，小艇摇晃得很厉害。王硕仁看GPS确定航向，再报给驾驶员，其间有一个延时，等驾驶员听到他报的航向时，GPS上所显示的航向已经变了，有时可能差100度以上，因此航向很难把握。

好几次，小艇在原地打转。要知道，附近有很多暗礁和浅滩，一旦小艇偏离航线，就有可能触礁或搁浅，后果不堪设想。

因此，朱兵很焦急，让小艇向正直方向开，先离岸边远一点。小艇离岸边越来越远，可涌浪却越来越大，小艇最大摇摆到20多度，大家都很紧张。

当时的海面被大雾笼罩着，什么也看不见，只能听见海浪拍击小艇声及机器的轰鸣声，偶尔在高频中听到大副汪海浪在大船上的呼叫。

由于距离太远，小艇上的高频功率太小，大船无法听到应答。

来电告知小艇返航，二副王建忠等在驾驶室，隐隐约约听到了小艇的高频，时断时续的信号像音乐一样令人兴奋。

他打开雷达，将增益调至最大，尽管他知道不可能扫到它，但还是希望能有奇迹发生，因为他确信返航队员就在不远处。

可是，高频的信号不是越来越强，而是越来越弱。王建忠的心一下子又提到了嗓子眼。

于是，王建忠对着高频一遍又一遍地吼叫："长城、长城，听到请回话。听到的话，请摁一下高频开关。"他想大船的高频比小艇的功率大，小艇也许会听到。

他想通过这简单的信号，来传递它平安的信息。可是，在驾驶室里只有他自己的声音。

与此同时，小艇这边的情况是：在离大船 19 海里的时候，黄嵘试着去应答大船的呼叫，突然高频中传来汪大副激动的声音："小艇，我们听到你们了，我们听到你们了！"

所有人都很兴奋，而且很感动，这给了他们战胜风浪的信心和勇气。

小艇继续顶着涌浪，艰难地向前行驶着，这时大船又听不到他们的应答，只听到船长呼叫着："小艇，如果一切正常，按了一下高频，如果有麻烦，按两下高频。"

为了让全船的人放心，小艇上的队员只按了一下高频报平安。艇摇得实在厉害，久经风浪的船员们都感到头晕、恶心，黄嵘呕吐了！

当时，谁都盼望着快点到船，尽快结束这次艰难的航行。他们不断地呼叫大船，终于高频又叫通了，小艇与大船一直保持通话。

船长告诉他们说："全船的弟兄们都在关心着你们，

为你们担心，都盼望着你们早点平安归来！而且有很多人在驾驶台等候你们。"

小艇上的队员都非常感动。之后，驾驶台的人轮流给秦为稼通话，给航行带来了许多的欢乐，使他们忘记了旅途的劳累和晕船的苦恼，使得最后两个多小时的航程显得不再那么漫长。

经过 4 个多小时的艰难航行，当他们见到"雪龙"号船的灯光时，心情非常激动，有一种无比的亲切感。心想，终于到家了！

当时高频中，就听见船长说："小艇，我已经拉汽笛欢迎你们，听到没有？"听到这亲切的声音，大家都流下了激动的泪水。

与此同时，"雪龙"号船广播里说："小艇马上就要回来了。"于是，所有的队员都拥到了甲板上，大家翘首等待长城艇的归来。

黑黑的海面中，隐隐出现了一点亮光，大家激动地叫起来："看见了！看见了！"

大家像迎接英雄一样迎接 5 名队员的安全归来。当 5 名队员踏上甲板时，响起了一片掌声。

22 时，"雪龙"号静静起航。这时，有人问一句："图克托亚图克在什么方向？"结果 4 个人指了 4 个方向。

据队长陈立奇说："一般远洋船每个月要安排船员上岸一次。这次没上岸，也创造了中国极地考察船不上岸休整的纪录。"

六、 建科考站

- 作业期间，飞机发动机保持着运转状态，以防万一出现北极熊或其他险情，大家可以快速反应。作业持续了一个小时。飞行员担心油不够，催促大家上机返回"雪龙"号。

- 两分钟之内，浮冰就把小艇挤向大船，小艇几乎侧立起来，驾驶楼瘪进去一大块，左侧挡风玻璃和航向灯破碎，钢护栏向内歪倒，艇体吃水线以下变形。

- 夏立民后来回忆说："我根本不知道自己是怎么跑到枪这边的，用屁滚尿流4个字形容我一点都不过分。"

建立科考终点冰站

8 月 16 日中午，考察队重返北极圈，到达北纬 73 度、西经 155 度左右的冰区，"雪龙"号以每小时 7 海里的速度继续向西北方向行驶，预计在西经 175 度左右，向北破冰到能够到达的最北端。

这是"雪龙"号第三次进入冰区。考察只剩下最后一个也是最激动人心的阶段，即联合冰站考察。

按照最初的设想，北极的冰有一部分是固定冰，以北极点为中心展开，是一个漫无边际的大冰块。考察队把船靠到这个固定冰块的边上，直升机再把人送上冰块。

但在当天召开的作业计划调整会上，科学家们承认："我们把对南极冰的认识搬到北极来了。"事实上，北极所有的冰都在随着海流和大风漂移。这天在北极点的冰，过一个月可能移到加拿大海岸化掉了。

因此，把船靠到固定冰边上是一种理想化的设想。考察队下一步将计划调整：

为找到一块约 10 平方公里大的浮冰，进行联合冰站的作业。

所谓联合冰站，是大气、海洋、冰川各学科对一个冰站共同进行考察，将所得数据综合分析，从而解决一个个相关联的课题。这一次中国北极考察的课题是"海—冰—气"相互作用。

次日，科考队到达北纬 74 度 54 分、东经 160 度 14 分的冰区。几天不见，北冰洋的冰变得更加脆弱了。因此，大家对固定冰的认识也更进了一步。

一个星期前，考察船起程赴加拿大时，冰还很密，漫无边际，天、水、冰分不清楚。可当时看到的冰少多了，冰块很大，但都是由碎冰挤在一起，冰间的水面也很大，整个分布非常不均匀。

第三天早上，"雪龙"号试图靠上一块看起来很厚实的冰，但船一碰上去，冰就酥了。

于是，队长陈立奇带领 8 个人，坐直升机开始探冰。他们找到了 3 块比较大而厚的冰，决定在其中一块冰上建立联合冰站，从而作为"雪龙"号此次科考的终点。

直升机回船后，当"雪龙"号按照 GPS 定位寻找这块大冰时，却怎么也找不着。

于是，船长用广播把一起坐飞机探冰的秦为稼叫到驾驶台。秦为稼拿着望远镜，东看看、西看看，哪块都觉得像，可哪块都不是。

秦为稼嘴里嘟嘟囔囔："奇怪，经纬度明明是在这儿，怎么就是找不到?"于是，船长又把飞行员齐焕清找来，他看了半天，指着远处一块看起来很厚实的大冰说："我觉得是那块。"

船调头驶过去，发现那仍然是一块表面布满融池、看起来不堪一击的冰。大家开玩笑说："远看是块冰，近看像块沼泽地，这就是北大洋。"

大家有点后悔，说："飞机落在上面时，我们应该插面小旗子，这样就不至于找不到了。"后来，他们一琢磨，插小旗子也没有用，海流速度很快，大冰肯定是漂走了。

不得已，探冰队决定再飞一次，以确定作业位置。半个小时后大家出来一看，奇怪，刚刚还晴空万里，当时却已是浓雾紧锁。已经坐上飞机的秦为稼一行人又回来了。

18日3时许，天气变好，他们开始出发，飞机飞了20多分钟，落到一块看起来还坚硬的冰上。虽说冰面不是很大，但却是"矬子里的将军"。

他们下去后赶紧搭帐篷。仪器都没带，作业没法开展，海绵垫子也没带，也就没法睡觉。

5时左右，雪龙船也赶到了这块冰的边缘。船想找个角度靠上去，以运送人员和物质上冰。可围着这块冰转了3圈，花了3个小时也没靠上。

当时，正是北极冰融化最厉害的时候，船不敢碰冰，一旦碰上，四五米厚的冰很可能裂开。加上冰随海流和风不断移动，船应该在海流和风的上游才能和冰保持一定距离。可风向又不断变换。最后总算找到一个角度，赶紧把他们几个人接上了船。

此外，探冰队员们还有一番"历险"：在外面拍摄的李晓川忽然看见海面上有一个黑色物体游过来，只露出半个脑袋和一个黑鼻头。

"北极熊！"李晓川赶紧发出警告，他早就摸出规律来了，北极熊都是凌晨出现。董利拎着枪就出来了，卞林根则握了把铁锹，准备"决一死战"。

那动物上了岸，原来是只海豹。大家虚惊一场，再看董利的枪，弹匣忘了上了。

吃完午饭，考察队召开了全体会议，队长陈立奇作了动员。他说："科考前三个阶段都已顺利结束，仅剩下边最后一个阶段，也是最艰难的阶段。队里决定放小艇送人和物资上冰。"

会上，队长陈立奇还允许几名记者可以随第一批队员和物质上冰建站，这意味着联合冰站作业正式开始，这是此次北极科考的最后一个阶段，也是最艰难的一个阶段。

冰站将建在北纬 74 度 58 分、西经 160 度 32 分的一块大型浮冰上。这块冰位于北冰洋冰层收缩最小线，从这里往北的海面，常年被冰雪覆盖。

动员会后，寒风凛冽，天空中飘着密密的小雪。这天是考察队进入北极以来气温最低的一天，最低气温为零下 6 度。

由于风大浪急，大船无法靠近浮冰，只好用小艇运送科考队员和仪器、帐篷等物资。15 时左右，小艇被放下水。

20 多名队员、8 名记者为第一批上冰人员，他们带着 20 多箱仪器、两个大雪橇、3 个氦气瓶，以及各种吃的、用的，吃饭的电热锅，睡觉的帐篷、睡袋，甚至还有一个马桶。当然，一支枪、两匣子弹也不会忘记。

吊车光运人和货就用了 40 分钟，搞得水手长着急了，就说："下次年轻的最好都从软梯爬下去。"小艇被装得满满的，船长伸头看一眼说，直升机飞 10 次也装不了这么多。

冰作业面离大船只有一海里多一点，从船头绕过去就到了。头部形似登陆舰的小艇试着靠到浮冰的边缘，一靠冰碎了。退出来，到冰的另一边去，还是靠不上去。

这时，两名队员抢先跳上浮冰，为小艇指路。最后选择一个冰缝，小艇插上去，先上去的队员赶紧拿斧头在冰上楔下一根钢钎，系上缆绳，放下短梯，一个临时码头就有了，赶紧开始卸货。

这块冰很难估计它的大小，大约几个平方公里的样子。在大船上远远看过来，冰显得很脆弱，可踏在上面却感觉很结实。

冰中间高低起伏，隆起的冰脊像个小山包。"山"脚下的融池，如溪水般清澈，只是上面又结了薄薄一层冰碴，大家都说这地方有山有水，真是风景如画。

由于冰面上高低不平，用雪橇拉东西很费劲。一方面要让它走，另一方面还要防止侧滑。虽然码头离营地只有几十米远，可几个来回下来，每个人都出了一身的汗。大家直后悔没把雪地摩托带上来。

东西搬得差不多了，于是，大家分头七手八脚地搭帐篷。在风的威逼下，帐篷变得很不听话，按住了这个角，那个角又起来了。

好不容易，大家把帐篷的 4 个角，分别用 4 只装满了柴油的塑料桶给拴住。一顶只能容两个人的小帐篷，王新民和鄂栋臣、张瑞刚 3 人忙活了近 40 分钟才算搞定。

当天，也是"新闻班长"吴金友最为得意的一天。前面已经说过，老吴的主要工作是把 20 多位记者安排好，让他们都觉得自己有活干。

冰站建设热火朝天，记者们也忙得不亦乐乎。他们靠近观察队员们安营扎寨的现场，8 位记者使出浑身解数，从各个角度反复拍照。

留在船上的记者们也有事干。不久，天气由雪转晴，小艇装不下，上飞机吧。于是，又有 8 位记者上了飞机，绕着"雪龙"号船、小艇和冰站飞了 40 多分钟，直到每个人都满载而归。

这在以前，还从未有过这么大的动静，这次记者们出动，又是大船，又是小艇，蓝色的帐篷，黄色的帐篷，白色的雪，蓝色的海，穿着红衣服的队员。

为此，中央电视台的张斌说："冰上那么热闹，我还以为是王府井呢！"

冰上的记者更高兴了，有小艇、有大船，还有直升机。以此为背景，再把考察队员劳作的身影作为前景，实在是北冰洋中激动人心的画面。

有两位既没上飞机、也没下小艇的记者据说也很满意，他们拍到了小艇、飞机和冰站，场面看起来也很壮观。

两个小时过去了，4顶小帐篷和1顶大帐篷建起来了，大家总算有个落脚的地方了。但帐篷里东西堆得七零八落，还得慢慢收拾，才能开始"过日子"。

18时左右，大船指示小艇"回家"，5名队员留守，其他人回去吃饭。天空又飘起了小雪粒，气温开始下降。

回到船上，在餐厅里互相看看，每个人都变黑了。短短两个多小时，晒了一会儿并不太强的太阳，可见雪地上紫外线的厉害。

有的队员涂了防晒油，稍好一点。老队员说："在南极，一天就能把人脸晒下一层皮来。"

直升机搜寻连续冰盖

19 日，考察队计划飞两个半纬度，寻找连续冰盖边缘。16 时左右，直升机离开甲板，慢慢升到了云端，然后保持高度和时速飞行。

向下看去，是一层棉被似的密密的云，如黄土高原那样高高低低、沟壑纵横。

这种云比大家在国内坐民航班机时看到的高空云显得密，颜色也深，静静地积在那儿不动。从云的间隙，可以看见海面和浮冰。

半个小时后，云更密了，一点缝隙也没有。云层之上的天空非常晴朗，太阳把飞机的影子投在云上，出现了一个靶形光环，有点像人们常说的佛光。这光环一路随着探路队。有人开玩笑地说这是佛祖保佑他们。

飞机飞行了一小时后，大家能看到的仍然是无边无际、密不透风的云。飞机降低高度，钻到云层之下。

当时的洋面上，想象中的连续冰盖连影子都没有，浮冰很碎，互相牵连着，有点像江南的荷叶。能见度还不错，大约为 5 海里。

15 分钟后，飞行员感觉前面开始有雾，决定就此打住。17 时 45 分，飞机一转头，在一块不是很大的浮冰上落下来。GPS 显示，他们已飞出了 250 公里。

这时，队长陈立奇说："看来要找到连续冰盖是不太可能了。"他以前去北极点时，夏天的冰面上也有裂缝。这里的冰面融化得没有"雪龙"号船附近厉害。

随后，康建成研究员和孟广林高工采集了雪样。雪厚为5厘米，他们钻了一个2.8米的冰洞，获得了5截冰样。

张瑞刚和鄂栋臣教授合作，在冰上测了两个点的相对重力值。其中一个点选了一个隆起的小雪包。

作业期间，飞机发动机保持着运转状态，以防万一出现北极熊或其他险情，大家可以快速反应。作业持续了一个小时。

飞行员担心油不够，催促大家上机返回"雪龙"号。

8月20日8时后，第一班直升机出发了。当天的计划是送4批队员到200公里以内的冰面作业。

作业过程顺利，飞机开始返回"雪龙"号。可就在离船还有10分钟航程时，一阵浓雾悄悄飘来，5海里的能见度变得连50米都不到。飞机沿着海面低飞了20多分钟，仍然找不到船。

飞行员赶紧呼叫"雪龙"号船驾驶台，请求经纬度指示。这种情况下已是"说时迟、那时快"，地勤人员看着飞机掠过甲板，越飞越远了。

于是，船长告诉飞行员，只能保持5分钟，请他动作麻利点。

飞行员瞅准时机，飞机有惊无险，安全降落了。

小艇被冰块意外挤损

过了一会，长城艇第二次被放下水。就在上冰队员准备下艇的时候，一块海冰漂过来了。

这是一块几十米见方的冰，在离船100多米的地方时不显得大。可大家眼睁睁看着它悄无声息地朝着长城艇靠过来时，都大声喊起来。

水手长赶紧用对讲机呼叫驾驶台发动大船，同时指挥吊车往上吊。可是来不及了，两分钟之内，浮冰就把小艇挤向大船，小艇几乎侧立起来，驾驶楼瘪进去一大块，左侧挡风玻璃和航向灯破碎，钢护栏向内歪倒，艇体吃水线以下变形。

"施暴"后的浮冰扬长而去，留下"瘸"了的长城艇，向右后方下沉。等大船将它拉上来一看，艇体凹进去一大块。

据估计这块冰厚四五米。大家都感到庆幸的是，当时小艇还没下人，如果人员正下到一半，有人在艇上，有人吊在软梯上，后果不堪设想。

船长袁绍宏说："今天发生这一事故的最主要原因是风太大，达到每秒10米。'雪龙'号船处于漂泊状态，随大风和海流运动很快。

"为了限制重量，长城艇的钢板特别薄，只有6毫米，主要是用来在浅水中运输的。等回去之后，要把凹进去的钢板割掉，换上好钢板。同时加几根龙骨，加强艇体的坚固程度。"

8月19日早上一起来，大家发现大船附近的冰面上空空荡荡，冰站的帐篷和人都不见了。大家赶紧跑到驾驶台问，秦为稼和船长等人都在上面，正在用电台和冰站通话。

原来，看起来很平缓的海流把冰站"挪走了"，加上风的作用，大船正与冰站背道而驰。能通上话，令大家稍为心安，但由于冰上队员没带卫星定位系统，无法确定方位。

船长凭经验判断冰站的方位后，动船前往寻找。经过一个小时，终于看到了冰站。

秦为稼当场下了死命令：从现在起，上冰的人，必须携带卫星定位系统。

在冰上的队员说，最说不定的就是方向。刚才看大船还在南面，过一会儿再看，船在北面了。不知道是冰在动还是船在动。海流看起来不快，可有时可以看到擦肩而过的两块浮冰，速度就非常快。

尽管海冰当时处于冻结状态，但冰站的"地盘"却在不断缩小。长城艇负伤后，冰站这天只减不加，只有3名队员留守，静观其变。

当时的气温非常低，大约在零下5度。海冰处于冻结状态，前几天形成的融池又结上了厚厚的冰。

但在海流的作用下，冰块相互撞击，使冰块边缘的冰不停地断裂，冰站变得越来越小。

为此，俄罗斯领航员伏拉基米尔警告说，要小心浮冰从中间断裂，冰站上的人员和物资有掉进海水中的危险。

当天，队长陈立奇和伏拉基米尔及其他队领导一道，坐"中山一"号艇前往冰站观察冰情。他们仔细分析了冰缝的走向后认为，即使浮冰断裂，站上的帐篷所在地也不会一分为二。

但为了安全起见，当天的考察主要以飞机为主，共安排4个架次，向北飞往不同地点的浮冰作业点。

长城艇"光荣负伤"后被放回船舱。"中山一"号艇得以见北极天日，在浮冰中小试了一番身手。

"中山一"号艇比长城艇小得多，但身体硬朗得多。它的钢板材料好，经得起浮冰的碰撞。它双机双桨，马力强劲，两台130马力的发动机，是长城艇的两倍。"中山一"号设计为拖轮，在南极可以拖动载有集装箱的驳船。

原来，大气组的邹捍和王维按计划进行每天中午的例行功课，即施放探空气球，就是把比空气轻的氢气充到一个巨大的橡胶气球中，使之能带着一个探空仪升到几十公里高的空中，把温湿压风等各项数据传下来。

这几天连续大风，昨天他们在大舱盖上放球，4个人都差点没抓住。

当天，他们转移到直升机后甲板上，并把机库的门打开，充气过程变得顺利了，可第一个球一送出机库门，就"砰"的一声爆了。

第二个球刚一"探头"，一阵风吹来，把球和探空仪的连线吹断了，球又飞了。第三个球松手后，被后甲板船体形成的气流拖向船体侧下方跑，探空仪挂在护栏上，线断球飞，探空仪也落入海中。

不过，邹捍说，他至今放成功 13 个，损失 5 个，在"国际惯例"允许的 75% 的失败率以内。

大洋组用梅花采水器进行海水采样及温度、盐度和深度的测量。采水器上来时，开绞车的不太熟练，速度过快，钢缆拉断，采水器摔在地上，11 个采水瓶摔破了 3 个。加上白令海丢失的一个，共损失 4 个采水瓶。

当天，美国公司清理"千年虫"，GPS 系统正处于调整之中，直升机也不敢起飞，只放小艇进行了冰工作业。在如此恶劣的环境下，应该说这些不算什么损失。

作业队员对峙北极熊

8月22日12时左右，直升机把王新民、夏立民、康建成、孟广林、孙波、孙俊英6人放在了"雪龙"号船东北100多公里的一块大型浮冰上。

这个小组包括4名科学家和2名保障人员。6人各司其职，开始紧张工作。王新民发电、夏立民架电台，康建成钻冰，孟广林测水温，孙波调试测厚雷达，孙俊英到远处采集雪样。

前两天刚降了一场雪，这给他们的工作带来了便利。康建成的冰钻刚下去2至3厘米，因此还得直着腰工作。

无意中一抬头，他看见不远处立着3只北极熊，康建成第一个反应是把孙俊英叫回来，因为她离北极熊最近，只有不到200米。

孙俊英听见康建成喊，抬头四下看一看，吓了一跳。也许是女性的缘故，她觉得北极熊很温和，所以没有"逃跑"的意思。

康建成一看孙俊英慈祥的样子，再喊时，他的声音急促得变了声调。"小孙！快点过来！快点过来！"他第二个动作是通知身后冰丘另一面的夏立民，他们相距大约50米。

夏立民听见康建成变了声的呼叫，抬眼一看，一身冷汗。夏立民身负安全保卫重任，第一反应是找枪。

枪放在康建成和孙波身边的采样箱上。夏立民跑了过来，身子猛地向前打了个趔趄，但没有停步，连滚带爬就过来了。

当时，大家感觉北极熊威风极了，它们一字排开，就像动画片中站在悬崖上的狮子王一样，居高临下，俯视着他们。

夏立民后来回忆说：

我根本不知道自己是怎么跑到枪这边的，用屁滚尿流 4 个字形容我一点都不过分。我抓到枪，压上子弹，拉开枪栓，打开保险。弹匣里，压满了 30 发子弹。我一屁股坐在箱子上，这才定下神来，盯着北极熊。

孟广林当时正用一个盛垃圾的黑色大塑料口袋套着脑袋，屁股朝天地趴在融池边上。他测水温要用笔记本电脑，如果不挡着光，在雪的映射下，根本看不见显示屏。

就这样，有夏立民端着枪守着，大家的心情也完全变了。这时候，大家感觉北极熊是那样的温柔，美极了，他们甚至可以看见北极熊悠闲的眼神。

这是一大一中一小 3 只熊，可能是"一家子"。它们长着与庞大的身躯不相称的小脑袋，全身都是白的，但与雪的颜色不同。北极熊可能是从水中钻出来的，也可能是从冰丘后面冒出来的。

因为，飞机降落前，他们观察了一下冰面。这是块方圆几公里的大浮冰，表面起伏很大，冰脊和融池高高低低，但没有发现任何异常。他们下了飞机，向四周观察了一下，也没发现问题。

他们的计划中，由直升机支持的远程作业共有6次，分别是"雪龙"号船的东、东北、西北、西各一次，正北两次。这次由于作业时间较长，直升机先回船了。

这是他们第二次在没有直升机等待情况下的作业。直升机的作用很大，等待期间不关机，它巨大的轰鸣声足以吓走任何野兽。

他们携带了冲锋枪、子弹、3天的干粮、帐篷、睡袋、发电机、电台，万一天气突变，直升机无法起飞，他们做好了在冰上长时间停留的准备。

当时，王新民也跑过来了，他是最镇定的一个："大家别慌，咱们穿着红衣服，北极熊不敢过来的。"他手里拎着台相机，生怕大家惊动了北极熊，照不成相了。

可能北极熊对他们也感到好奇，它们甚至朝前走了两步。等他们都举起相机，那只最大的转身走开了。两只稍小的也跟着走了。从发现到离开，前后不过5分钟。

夏立民一直握着枪没敢撒手，熊走开后，他来了精神，举起枪说："兄弟们，给我来一张带熊的。"

熊没影了，康建成才发现自己手里紧紧握住3米长的不锈钢冰钻，钻头却掉进冰洞里去了。

夏立民用电台和大船取得了联系，直升机去把孙波和王新民接回来取工具，以便把钻头弄出来。剩下 4 个人还在冰上。

孟广林甚至跑过去查看北极熊的脚印，可是找了半天，周围都看了，什么脚印也没发现。

昨天刚听完伏拉基米尔讲遇到北极熊的故事，没想到当天又有队员遇上了，而且还是 3 只。算起来，考察队共遇到过 10 只熊了。

记者们的激情都被调动起来，不约而同发这条稿。一直到夜宵时分，这还是大家谈论的话题：3 只熊之间是什么关系？是"夫妇带一子"，还是"一夫两妻"，"还是一母带两子"？北极熊是怎么出现的？它们看见人是怎么想的？大家发挥想象，给出种种假设。

有人设想说：3 只北极熊正在冰上玩得高兴，忽听见天空中一阵轰鸣，一个庞然大物裹着一阵风飞过来了，3 只熊赶紧躲到了水里。

不一会儿，怪物又带着一阵风飞走了，噪音也没有了。它们伸头一看，咦，冰上多了几只红皮动物。他们是什么东西？以前好像没见过，不知味道怎么样，要不要尝尝？

大熊一数，一二三四五六，一共是 6 个，而且大部分个头不小，胜算不是很大，还是算了吧，带头走开了。

自此，遇熊事件才暂告一段落。

科考队离开冰区返航

8 月 23 日，大家都在做撤离的准备。按计划，冰站作业第二天将结束。这种准备主要是心理上的，当然行动上也有反应。

当天，全队的重点是安排大家"参观"冰站。凡是没坐过直升机或没下过船的队员，都可以去冰站"旅游"一次。

记者们大部分都上去过 2 至 3 次，有的还待过 10 至 20 多个小时。冰雪组、大气组、海洋组都有一些项目在冰上做，但大部分队员和船员都还没下过船。

当天，天气出奇地好，风很小，阳光也好，绝对是留影的好天气。于是，直升机往返于大船和冰站之间，送一批人上去，再接一批人回来。问地勤人员飞了多少个来回，他说没记清，大概有 10 多次吧。

关于飞机出勤，最开始制定的"政策"是：记者每人可以坐 3 次飞机。当天下午，老吴安排六七个没坐满 3 次的记者，坐直升机进行了半个小时的航拍。

随后，记者们在冰站上，举着各家的旗子狂拍了一番。袁力找了块红布，把一件米色背心剪了"北京青年报"几个字，在冰站照了一张，传回报社，说是报社要留资料。

与此同时，四川电视台的记者们又专门"约"直升机飞了一次，叫上队里的领导和他们认为重要但还没拍到镜头的科学家，找了一块浮冰补镜头。

8月24日21时30分，经过23天的努力拼搏，航行2800多海里，航时282小时，攻坚阶段的考察活动圆满结束，考察队获得了一批极其珍贵的样品、数据和资料。

本次考察活动中，海峡两岸科学家第一次联手，在北冰洋测得了绝对重力值；中国大气界强强合作，首次测得了国内北冰洋臭氧和气候的第一手资料。

中、日、俄三国极地研究机构的科学家并肩对北冰洋海冰的物理、化学性质进行了测定。大洋组从头忙到尾，几大卡车的瓶瓶罐罐，装满了各种各样的海水。

连续7天在冰站上，大气组队员的脸被紫外线晒红又变黑。在大浪滔天的白令海，大洋组队员的衣服干了又湿。

实践证明，中国首次北极科学考察队是一支训练有素、遵守纪律、服从大局、能打硬仗的队伍，圆满完成了三大科学目标预定的现场考察任务。

8月24日，经过56天的努力拼搏，中国首次北极科学考察队离开北冰洋多年海冰区，胜利返航。

下午的时候，全体考察队员来到联合冰站所在的冰面上，举行了告别仪式。

鲜艳的五星红旗徐徐升在北冰洋的上空，雄壮的中华人民共和国国歌在无垠的冰海间回荡。

全体队员齐声高呼"考察北极、造福人类；考察北极、保护地球""北冰洋，再见"！

大家在帐篷前留影，在国旗下留影，在队旗前留影，在单位旗前留影。

20 名记者合个影，8 名女队员合个影，大气组合个影。冰雪组合影时，每个人都做熊状，表示他们一起在冰上遇见过北极熊。

开始撤离了，陈立奇忽然发现，冰面上不知什么时候多了 10 多个烟头。不用他多说，大家就自觉地捡了起来。

离开冰面时，一名队员把一面五星红旗插在了冰站的最高点。17 时，"雪龙"号船汽笛长鸣 3 声，正式启动返航。苍茫间，暮色下，一面鲜艳的五星红旗迎风飘动，越来越小。

在"雪龙"号返航途中，考察队临时党委要求全体队员认真做好中国首次北极科学考察总结工作。

全体队员自下而上，分班组，实事求是地肯定了所取得的成绩，总结了"拼搏、协作、创新"的极地精神。同时也找出了存在的问题，为指导今后的极地考察工作总结了经验。

随后，临时党委为确保航行安全，要求提前做好途中补测海洋断面站位和靠泊美国罗姆港的各项工作。

8 月 27 日 7 时，"雪龙"号抵达罗姆港，按原定计划送两位港、台科学家及其贵重仪器离船。利用靠港停泊间隙进行船只机械、设备的检修、保养。同时，将分批安排队员、船员登陆，进行短暂的休整。

28日20时，"雪龙"号从罗姆港起航。

返航途中，充分利用航渡时机，在白令海按现场安排3个大洋站位补充作业，进一步提高白令海大洋综合调查的科学价值。

随后，"雪龙"号在日本海深水区按规定进行了调查绞车的保养。

完成这项任务后，继续返航，预计在北京时间9月9日15时到达吴淞口锚地，9月10日19时靠上海新华码头。

至此，我国第一次北极考察圆满结束。

本书主要参考资料

《中国大决策纪实》 黄也平主编 光明日报出版社

《北极小百科》 陈立奇 刘书燕编 海洋出版社

《雪龙闯北极》 任建明著 中国财政经济出版社

《走近北极——遥远不是梦》 颜其德主编 上海科学
   普及出版社